COLECCIÓN
BOLAÑO
白水社

ボラーニョ・コレクション

チリ夜想曲

NOCTURNO DE CHILE

ロベルト・ボラーニョ
Roberto Bolaño
野谷文昭 訳

チリ夜想曲

Japanese edition published by arrangement through The Sakai Agency

カロリーナ・ロペスとラウタロ・ボラーニョへ

郵 便 は が き

おそれいりますが切手をおはりください。

101-0052

東京都千代田区神田小川町3-24

白 水 社 行

購読申込書

■ご注文の書籍はご指定の書店にお届けします．なお，直送をご希望の場合は冊数に関係なく送料300円をご負担願います．

書　　　　名	本体価格	部　数

★価格は税抜きです

(ふりがな)

お 名 前　　　　　　　　　　　　(Tel.　　　　　　　　)

ご 住 所　(〒　　　　　　　　)

ご指定書店名（必ずご記入ください）	取次	（この欄は小社で記入いたします）
Tel.		

『ボラーニョ・コレクション チリ夜想曲』について	(9269)

■その他小社出版物についてのご意見・ご感想もお書きください。

■あなたのコメントを広告やホームページ等で紹介してもよろしいですか？
1. はい（お名前は掲載しません。紹介させていただいた方には粗品を進呈します）　2. いいえ

ご住所	〒　　　　電話（　　　　）
（ふりがな） お名前	（　　　歳） 1. 男　2. 女

ご職業または 学校名		お求めの 書店名	

■この本を何でお知りになりましたか？
1. 新聞広告（朝日・毎日・読売・日経・他〈　　　〉）
2. 雑誌広告（雑誌名　　　）
3. 書評（新聞または雑誌名　　　）　4.《白水社の本棚》を見て
5. 店頭で見て　6. 白水社のホームページを見て　7. その他（　　　）

■お買い求めの動機は？
1. 著者・翻訳者に関心があるので　2. タイトルに引かれて　3. 帯の文章を読んで
4. 広告を見て　5. 装丁が良かったので　6. その他（　　　）

■出版案内ご入用の方はご希望のものに印をおつけください。
1. 白水社ブックカタログ　2. 新書カタログ　3. 辞典・語学書カタログ
4. パブリッシャーズ・レビュー《白水社の本棚》（新刊案内／1・4・7・10月刊）

※ご記入いただいた個人情報は、ご希望のあった目録などの送付、また今後の本作りの参考にさせていただく以外の目的で使用することはありません。なお書店を指定して書籍を注文された場合は、お名前・ご住所・お電話番号をご指定書店に連絡させていただきます。

「鬘（かつら）をお取りなさい」

チェスタトン

装丁　緒方修一

わたしは今死にかけている。だが、言うべきことがまだたくさん残っている。かつてわたしは心穏やかだった。寡黙で心穏やかだった。ところが、突如さまざまな事態が生じた。あの老いた若者のせいだ。わたしは心穏やかだった。今となっては穏やかではない。いくつかの点を明らかにしなければならないからだ。そこで片肘をついて頭を、小刻みに震える気高い頭をもたげることにする。そして記憶の隅を突っついて、わたしを正当化してくれる行ないを、したがって、あの老いた若者が稲妻の走るたった一夜のうちに言いふらし、わたしに着せられたあの汚名をすすぐ例の行為を見つけ出すことにしよう。わたしの名が汚されようとしている。人は責任を取らなければならない。それはわたしが一生言い続けてきたことだ。人は自らの行動に責任を取るべき道徳上の義務がある。自らの言葉についても、沈黙についてさえも。そう、沈黙についてさえも。なぜなら、沈黙も天に届いて神に聞こえ、それを神だけが理解し、裁くからだ。だから沈黙には大いに気をつけなければならない。あらゆることについてわたしには責任があるのだ。わたしの沈黙にやましいところは一切ない。それを明らかにしたい。だが、何よりも神に対して明らかにしたい。他のことは無視できる。だが神に対してはそうはいかない。わたしは何を話しているのだろう。片肘をつきながら、ときおり自分の言葉にびっくりする。支離滅裂なことを口走ったり、夢を見たりしながら、自分自身と折り合いをつけようとしている。なのに、ときには自分の名前すら忘れてしまうことがある。わたしの名はセバスティアン・ウルティア=ラクロワ。チリ人。父方の先祖はバスク地方、今日で言うエウスカディの出身だ。母方はフランスの穏やかな地方、スペイン語だと「地上の人」あるいは「歩く人」という意味の村の出だが、わたしのフランス語は、この最期の時にあって、もはや以前ほど流暢ではない。それでも、記憶をたぐり寄せ、あの老いた若者の侮辱に応えてやるだけの力はまだある。あの若者は突然我が家の戸口にやってきて、出し抜けに、脈略もなくわたしを罵った。そのことを明らかにしたい。わたしは対立を好まないし、好んだためしもない。わたしが求めるのは平和であり、行為と言葉と沈黙に対する責任だ。わたしは道理をわきまえた人間なのだ。いつだってそうだった。十三歳のときに神の声を聞き、神学校に入ろうと思った。父は反対した。何が何でも絶対にというわけではなかったが、とにかく反対した。今でも思い出すのは、父の影がわたしたちの家の部屋から部屋へと、まるでイタチかウナギの影みたいに滑るように動いていったことだ。そしてどういうわけか、暗がりの只中にわたしの微笑みが、子供のころのわたしの微笑みが浮かんでいたのを確かに覚えている。それと、狩りの場面が描かれたタペストリーが掛かっていたこと。それから、その場に必要な飾りをすべて揃えた晩餐の様子が描かれた金属製の皿。そしてわたしの微笑みと震え。その一年後、十四歳のときに神学校に入った。長い年月ののちにそこを出るとき、母はわたしの手に接吻し、わたしを神父さまと呼び、というかそう聞こえた気がして、わたしが驚いて抗議すると（僕をお父さんなんて呼ばないでよ、母さん、僕はあなたの息子だよと言ったか、あるいはあなたの息子ではなく単に息子と言ったのかもしれない）、母は泣き出し、あるいは涙に暮れ、そのとき私はこう思った。というか今になってそう思うだけなのかもしれない。人生は間違いの連続で、それによって我々は究極の真実、唯一の真実へと導かれるのだ。その少し前か少しあと、つまり、司祭に叙階される何日か前か、誓いを立てる何日かあと、フェアウェルに、あの有名なフェアウェルに出会った。場所は正確には覚えていないが、たぶん彼の家、わたしはその家に行ったと思うが、もしかすると彼の勤める新聞社のオフィスを訪ねたのかもしれないし、それとも彼が会員になっているクラブで初めて会ったのだったか、とにかく、サンティアゴの四月によくあるような憂鬱な午後で、しかしわたしの心の中では、古典に出てくるように、小鳥が歌い、木々が芽吹き、そこにフェアウェルがいたのだ。一メートル八十センチの長身、わたしには二メートルに見えたが、英国製の上等なグレーのウール地の三つ揃い、オーダーメイドの靴、シルクのネクタイ、わたし自身の夢想のように一点の染みもないワイシャツ、金のカフスボタン、解読しようとは思わなかったがその意味がなぜか気になって仕方がなかった記号のついたネクタイピンを身につけたフェアウェルは、わたしをそばに、それもすぐ隣に座らせてくれた。あるいはその前に彼の書斎かクラブの図書室に連れていかれたのかもしれないが、二人で本の背表紙を眺めていると、彼は咳をし始めた。咳払いしながら横目でわたしを見ていたのかもしれないが、断言はできない。というのもこちらは本から目が離せなかったからで、するとフェアウェルは、何かよくわからないこと、あるいはわたしの記憶からもはや消えてしまった何事かを口にした。それから二人でまた座り、彼は肘掛け椅子に、わたしは普通の椅子に腰を落ち着けると、わたしたちは眺めたばかりの本、神学校を出たての若者だったわたしは生き生きした指で、フェアウェルのほうは、あれほど背の高い老人に似つかわしい、すでにいくらか曲がった太い指で背を撫でたばかりの本とその作者たちについて語り合った。フェアウェルの声は、川や山、谷や谷間の道の上を舞う巨大な猛禽類の声のようで、表現は常に的確、言い回しは彼の思考にぴったりはまり、わたしが小鳥みたいに無邪気に、文芸評論家になりたい、あなたが切り拓いた道を自分も辿りたいのです、本を読み、自分の読書の結果を優れた散文によって堂々と表現することに勝る望みはこの世にありません、と言うと、ああ、フェアウェルは微笑んでわたしの肩に手（鉄の籠手をはめたような、あるいはそれよりもっと重い手）を置き、わたしの目をじっと見つめ、この道を歩むのは容易ではないと言った。曰く、この野蛮人の国では、この道にバラの花びらが撒かれているわけではない。この大農園主たちの国では、文学は奇妙なものでしかなく、本が読めても意味がない。そしてわたしが臆病ゆえに何も答えずにいると、フェアウェルは顔を近づけてきて、何か気を悪くさせることを言ったか、それとも不愉快にさせたかと訊いた。もしかして君か君の父上は大農園の持ち主だったかな？　ちがいます、とわたしは答えた。それなら言うが、私はそうだ、とフェアウェルは言った。チジャンの近くに大農園を持っていてね、小さな葡萄畑があって、そこでできるワインは悪くない。続いてすぐに、次の週末にその農園に来ないかとわたしを誘った。何という名前だったかもう覚えていないが、ユイスマンスの本のどれかみたいな名だった。『さかしま』だったか『彼方』だったか、ことによると『修練者』だったかもしれない。わたしの記憶はもはやかつてのようではないが、『彼方』だったように思う。そこのワインも同じ名前だった。わたしを招待したあと、フェアウェルは黙り込んだが、その青い目はこちらの目をじっと見つめたまで、わたしも黙り込んだものの、フェアウェルの探るような眼差しに耐えきれず、傷ついた小鳥のように控えめに目を伏せると、彼の農園を想像した。そこでは文学はバラの花びらが撒かれた道であり、本が読めることは決して無意味ではなく、趣味は必要性や実務よりも重要なのだ。それからまた目を上げると、わたしの神学生の目がフェアウェルの鷹の目と合い、わたしは何度も頷いて、参ります、チリ最大の批評家の農園で週末を過ごせるなんて名誉なことです、と答えた。やがてその日が訪れると、わたしの心はすっかり混乱して不安でたまらなくなり、どの服を着ていけばいいのか、司祭の服かそれとも平服かと迷ったあげく、平服を着ることに決めたところでどれを選べばいいかわからず、司祭服に決めたとしても、自分がどんなふうに迎えられるだろうかとあれこれ疑問が生じる始末だった。それに、行き帰りの列車で読むのにどの本を持っていけばいいかもわからなかった。たぶん行きは『イタリア史』、帰りはフェアウェルの編んだ『チリ詩選集』だろうか。あるいはその逆にすべきか。それに、〈彼方〉ではどんな作家と会えるのか（というのもフェアウェルは大農園にいつも作家たちを招待していたからだ）これもまたわからなかった。もしかすると女流詩人ウリバレーナ、宗教的主題をうたった見事なソネットの書き手か、繊細な文体の短い散文の書き手モントーヤ・エイサギーレか、その名も高き歴史家バルドメロ・リサメンディ＝エラスリスか。三人ともフェアウェルの友人だった。だが実のところ、彼にはあまりに多くの友人と敵がいたので、そんなことをあれこれ憶測しても無駄だった。その日が訪れると、わたしは後悔する一方で、神の与えてくださるいかなる逆境も受け入れる覚悟で駅を出発した。まるで昨日のことのように（昨日のこと以上にはっきりと）、チリの田園と黒い（あるいは白い）斑のあるチリの牛が鉄道の線路沿いで草を食んでいたのを覚えている。ときおり列車のガタンゴトンという音に眠気を誘われた。わたしは目を閉じていた。今と同じように閉じていた。だが、不意にまた目を開けると、そこにはあの風景が、変化に富み、美しく、ときに胸を熱くさせ、ときに憂鬱にさせる風景があった。列車がチジャンに着くとタクシーを拾い、ケルケンという村まで行った。そこはケルケンの中央広場（軍事広場（アルマス）と呼ぶのははばかられる）のようなものらしかったが、人の気配がまったくなかった。タクシー代を払い、スーツケースを持って降り、辺りの風景を見回し、そしてタクシーの運転手に何か尋ねてみようと、あるいはもう一度タクシーに乗り込んで急いでチジャンに、それからサンティアゴに取って返そうと振り返ったとたん、そのどこか忌まわしい孤独に、運転手は忘れていた恐怖を呼び覚まされたのか、車はいきなり走り去ってしまった。その瞬間、わたしも怖くなった。その寄る辺ない状況にあって、神学校から持ってきたスーツケースとフェアウェルの『詩選集』を手に立ち尽くしていたわたしは、きっと哀れな様子だったにちがいない。木立の陰から数羽の鳥が飛び立った。その鋭い鳴き声はケルケンと、忘れられた村の名前を叫んでいるようだったが、それは、誰(キエン)、誰(キエン)、誰(キエン)、という叫びにも聞こえた。わたしは慌てて祈りの言葉を唱えると、木のベンチに向かって歩き、もっと自分にふさわしい、というか当時はふさわしいと思っていた体裁を整えようとした。聖母マリアさま、どうかあなたの僕(しもべ)をお見捨てなきように、とつぶやく間、体長二十五センチはある黒い鳥たちが、キエン、キエン、キエンと鳴き、ルルドの聖母さま、どうかあなたの哀れな司祭をお見捨てなきように、とつぶやくと、茶色というか茶色がかって胸の白い体長十センチほどの別の鳥たちがもっと小さな声で、キエン、キエン、キエンと鳴き、悲しみの聖母さま、光輝の聖母さま、詩の聖母さま、どうかあなたに仕えるわたしをこんな場所に置き去りにしないでくださいますように、とつぶやくと、赤紫、黒、紅、黄色それに青の混じったさらに小さな鳥たちが、キエン、キエン、キエンと甲高い声を上げ、そのとき突然冷たい風が吹いて、わたしは体の芯まで冷え切ってしまった。すると、舗装されていない通りの先から、幌なしか折り畳み式幌つきの二輪馬車か四輪馬車らしきものが、一方は鹿毛（かげ）、もう一方はまだら模様の二頭の馬に引かれてこちらに向かってくるのが見え、地平線を背にくっきりと浮かび上がったその姿は、まるで地獄に連れていくために誰かを迎えに来たかのような破壊的なイメージとしか言いようがなかった。それがわたしの数メートル先まで迫ったとき、その御者、寒いのに仕事着と丈の短い袖なしの上着しか着ていない農夫が、あんたはウルティア＝ラクロワさんかねとわたしに尋ねた。彼はわたしの父方の姓だけでなく、母方の姓もうまく発音できなかった。そうです、あなたが探している人はわたしです、と答えた。すると農夫は何も言わずに馬車から下り、わたしのスーツケースを馬車の後ろに乗せて隣に座るように促した。わたしは訝しみ、アンデスの山裾を吹き下ろす凍てつく風に震えながら、フェアウェルさんの農園から来たのですかと訊いた。俺はそこから来たんじゃない、と農夫は答えた。〈彼方〉から来たのではないんですか、とわたしは歯をがちがちいわせながら尋ねた。そうだ、そこから来たが、そんな人は知らないね、とその善良そうな男は言った。そのときになってわたしは、明らかだったはずのことに思い当たった。フェアウェルというのは我らの批評家のペンネームだったのだ。彼の本名を思い出そうとした。父方の姓がゴンサレスであることは知っていたが、母方の姓を思い出せず、しばしの間、自分がゴンサレスさんに招かれた客だと言ってそれ以上の説明はなしで済ませるか、それとも黙っていようかと迷った。黙っていることにした。御者台にもたれると、目を閉じた。気分が悪いのかと農夫が訊いた。彼の声が聞こえたが、それはささやき以上ではなく、たちまち風にかき消されてしまい、まさにその瞬間、フェアウェルの母方の姓を思い出した。ラマルカだ。わたしはゴンサレス＝ラマルカさんに招かれたんです、と言うと、わたしはほっと溜息をついた。旦那さまはあんたをお待ちだよ、と農夫は言った。ケルケンと鳥どもが背後に遠ざかると、わたしは勝ち誇ったような気分になった。〈彼方〉ではフェアウェルが、わたしの知らない若い詩人と一緒に待っていた。二人は居間にいたが、その部屋を居間と呼んでは罰が当たる。むしろ図書室や狩猟部屋といった風情で、ずらりと並ぶ書架は百科事典や辞書、フェアウェルがヨーロッパや北アフリカへの旅で買い求めた土産物でぎっしり埋まり、その他に少なくとも十を超す動物の頭の剝製があって、なかにはフェアウェルの父親が自ら仕留めたピューマのつがいもあった。彼らは当然のごとく詩の話をしていて、わたしが姿を見せると会話を中断したが、まもなく、わたしが二階の部屋に身を落ち着けたあとで話を再開した。彼らが親切に誘ってくれたこともあり、本当は会話に加わりたかったが、黙って聞くことにした。批評に興味があっただけでなく、わたし自身も詩を書いていたので、フェアウェルと若い詩人の活気に満ちた熱っぽいやりとりに身を投じるのは、嵐の海を航行するようなものだろうと直感したからだ。みんなでコニャックを飲んだのを覚えている。そしてフェアウェルの蔵書の分厚い本の数々を眺めているうちに、自分が心底不幸に思えたのを覚えている。フェアウェルはときおり、やけに響く笑い声を上げた。そんなふうにして大笑いするたびに、わたしは彼を横目で見た。彼はあたかも牧神（パン）か、隠れ家にいる酒神（バッカス）、あるいは南部の砦に潜伏する錯乱したスペイン人征服者（コンキスタドール）か何かのようだった。対照的に、若い吟遊詩人のほうは針金のように、それも神経質な針金のようにか細い笑い声で、それがヘビの後ろにいるトンボみたいに、常にフェアウェルの豪快な笑いのあとに続くのだった。そのうちフェアウェルが、その夜の食事には何人か客を招いていると言った。わたしは首を傾げ、耳をそばだてたが、我らの主人は、驚きはあとの楽しみに取っておきたがった。しばらくしてわたしは外に出て、農園の庭をぶらついた。迷子になったように思う。寒かった。庭の向こうに草原が広がり、その手つかずの自然、木々の影がわたしを誘っているようだった。湿気が耐えがたかった。小屋か粗末な掘立小屋らしきものがあり、窓のひとつから明かりが見える。わたしは近寄ってみた。男たちの笑い声とひとりの女が抗議する声が聞こえた。小屋の扉は半開きだった。犬が吠える声が聞こえた。ノックして、返事を待たずに小屋の中に入った。テーブルの周りに男が三人、フェアウェルの農場で働く三人の作男が見え、かまどのそばには二人の女、老婆と若い女がいて、わたしを見るなり近寄ってくると、ざらざらした手でわたしの手を取った。こんなところへおいでなさるなんて、なんてありがたいこったろう、神父さま、と言って、老婆はわたしの前に跪くとわたしの手に唇を押し当てた。わたしは怖くなり、反吐が出そうだったが、するがままにさせた。男たちは立ち上がっていた。神父さん、お掛けくださいと男のひとりが言った。そのときになって気づいてぎょっとした。旅に出たときに着ていた司祭服をまだ着たままだったのだ。てっきりフェアウェルが用意してくれた二階の部屋に行ったときに着替えたものと思い込んでいた。だが実際は、着替えようと思っただけで着替えないまま、そのあと階下に下りて狩猟部屋にいるフェアウェルと合流したのだ。そしてわたしは農民たちの小屋で、夕食の前に着替える暇はないだろうとも思った。フェアウェルはわたしについて誤った印象を抱くだろう。彼と一緒にいる若い詩人も、わたしについて誤ったイメージを抱くだろう。そして最後に、驚きの客というのはきっと名士たちにちがいないと思い、自分の姿を思い浮かべた。道中の土埃や列車の煤、〈彼方〉に辿り着くまでの道のりでついた花粉だらけの司祭服に身を包み、テーブルの皆から離れた片隅で、視線を上げる勇気もなく、怖気づいて食事をしているところを。そのときまた農夫のひとりの声がして、わたしは席に着くように勧められた。わたしは夢遊病者のように座った。片方の女の声が、これをお食べくださいとか、神父さま、あれをどうぞと言うのが聞こえた。そして誰かがわたしに病気の子供の話をしていたが、その話し方からは、子供が今病気なのか、それとももはや死んでしまったのかもわからなかった。それにしても、なぜわたしが必要なのだろう。子供は死にかけているのか？　それなら医者を呼ぶべきた。子供はだいぶ前に死んでしまったのか？　それなら、聖母マリアに九日間の祈り（ノベナ）を捧げなくては。その子のお墓の掃除をしてあげなさい。あちこちにはびこる雑草をむしってあげなさい。祈ることでその子を記憶に留めるのです。まさか、一度にあらゆる場所にいることなんてできません。無理です。その子は洗礼を受けましたか？　と言う自分の声が聞こえた。ええ、神父さま。よろしい。すると、すべて整っているわけだ。パンを少しいかがですか、神父さま。いただきましょう、とわたしは応じた。目の前にパンがひと切れ差し出された。農民が粘土のかまどで焼いたパンなので硬かった。かけらを口に運んでみた。そのとき、戸口にあの老いた若者が見えた気がした。だが、ただの気のせいだった。それは一九五〇年代の終わりのことで、当時彼はまだ五歳かたぶん六歳だったはず、恐怖からも罵倒からも、迫害からも遠いところにいた。パンは気に入りましたかね、神父さん、と農夫のひとりが訊いた。わたしはパンを口に含んで湿らせた。そうですね、とても美味しいですよ、すごく風味があって口当たりもいい、まさに神の食物、祖国がもたらす美味なる恵み、我らの勤勉な農民のよき食べ物です、美味しい、美味しい。それに事実、パンはまずくなかったし、わたしは食べる必要が、お腹に何か入れる必要があったので、農民たちにパンをもらったお礼を言うと、立ち上がって空中に十字を切り、この家に神の祝福がありますようにと言って、ひんやりした風とともにそこから立ち去った。外に出ると、また犬の吠え声と木の枝が揺れる音が聞こえ、まるで茂みに獣が潜んでいて、わたしがフェアウェルの家を探してさまようのをそこから目で追っているかのようだった。家はまもなく見つかったが、さながら南の夜に煌々と輝く大型客船のように見えた。わたしが着いたとき、食事はまだ始まっていなかった。勇気を奮い、司祭服を脱がないでおくことにした。しばらく狩猟部屋で暇をつぶし、十五世紀ヨーロッパの初期の活字本（インキュナビュラ）をいくつか眺めた。壁の一面には精選されたチリの最良の詩と小説が山積みになっていて、どの本にも、著者からフェアウェルへの凝った献辞があり、優しく愛情のこもった、共犯者めいたものが感じられた。わたしは独り言をつぶやいた。我らの主人は、この国の文学と名のつくありとあらゆる船、華奢なヨットから大型の貨物船まで、魚の臭いのする漁船から途方もなく巨大な戦艦までが、短期間であれ長期にわたってであれ、庇護を求める入江となっているにちがいない。ついさっき、彼の家が大型客船に見えたのは偶然ではなかったのだ！　実際、とわたしは思った。フェアウェルの家は港そのものだ。そのあと、かすかな音が、誰かがテラスを這うような音がした。好奇心に駆られて鎧戸のひとつを開け、外に出た。空気は冷える一方で、そこには誰もいなかったが、庭に棺のような縦長の影が伸びているのが見え、その影はあずまやらしきもののほうに向かっていた。それはフェアウェルが意図不明のおふざけで作らせたもので、高さわずか四十センチほどの一風変わった馬のブロンズ像のそばにあり、斑岩の台座の上に置かれたその像は、あずまやから出ていこうとしたまま永久に止まっているように見えた。雲ひとつない空には澄み切った月が懸かっている。司祭服が風にはためいた。わたしは意を決して影が隠れた場所に近寄った。フェアウェルの馬の幻のそばにわたしは彼を見た。こちらに背を向けて立っている。コーデュロイのジャケットを着てマフラーを巻き、つばの狭い帽子を浅くかぶり、太い声で何かつぶやいているが、その言葉は誰にでもなく、月に向けられているとしか思えなかった。わたしは馬の像が投げかける影のように左足を宙に浮かせたまま、動きを止めてしまった。パブロ・ネルーダだ。そのあと何がどうなったかはわからない。そこにネルーダがいて、数メートル後ろにわたしがいて、夜、月、馬の像、チリの草木と木材、祖国の暗い威厳があった。老いた若者にはこんな物語はないにちがいない。彼はネルーダに会ったことはない。今わたしが思い出したような重要な状況下で、我々の共和国の大作家に一人として会ったことはない。その前後に何が起こったかはどうだっていい。そこにネルーダがいて、月に向かって、大地の諸元素に向かって、その性質は直観することでしか知りえない天体に向かって詩を口ずさんでいた。わたしはそこで、司祭服の内側で寒さに震え、そのとき急にサイズが合わずぶかぶかになったように感じられた服はさながら大聖堂のようで、わたしはその中に裸で住み、目を見張っていた。そこにネルーダがいて、彼のつぶやく言葉の意味は頭に入ってこなかったが、その本質をわたしは最初の瞬間からあたかも聖体のように受け取った。そしてわたしはそこで、目に涙を浮かべ、広大な祖国で道に迷った哀れな一聖職者として、我々の最も卓越した詩人の言葉の甘美な味わいを享受していた。今、わたしは片肘をついてこう自問する。あの老いた若者はこのような光景に立ち会ったことはあるのか？　わたしは真剣にこう自問する。彼はこれまで生きてきた中でこのような光景に立ち会ったことはあるのか？　わたしはネルーダの詩集を読んだことがある。隠れて、腫れ物に触るようにしてだが、読んだことがある。彼の本の中に、あの光景に似通った場面は見当たらない。あるのはあてもない放浪、路上の喧嘩、路地裏で起こったむごたらしい殺人、時代が要求するセックスの要素、猥褻と卑猥、この国のではなく、日本のどこかの黄昏、地獄と混沌、地獄と混沌、地獄と混沌。お粗末な我が記憶。お粗末な我が評判。次は夕食だが、思い出せない。ネルーダと夫人。フェアウェルと若い詩人。わたし。いくつもの問い。なぜわたしは司祭服を着ているのか？　わたしの微笑み。みずみずしい笑み。着替える暇がなかったのです。ネルーダが詩を朗読する。フェアウェルと彼は、ゴンゴラのとりわけ難解な詩を思い起こす。若い詩人は、当然ながらネルーダのファンであることがわかる。ネルーダが詩をもうひとつ読む。夕食はすばらしく美味だった。チリ風サラダ、ジビエのベアネーズソース添え、フェアウェルが海岸部から取り寄せた穴子のオーブン焼き。彼の農園で造ったワイン。称賛の言葉。食後の歓談は深夜まで続き、フェアウェルとネルーダ夫人が緑色の蓄音機でレコードを掛けると、詩人の喜ぶ音楽が流れる。タンゴだ。忌まわしい声が忌まわしい物語を次々と語る。突然、たぶんリキュールが飲み放題だったからだろう、気分が悪くなった。テラスに出て、ちょっと前に我らの詩人が秘密を打ち明けた月を探したのを覚えている。ゼラニウムの植わった巨大な植木鉢にもたれ、吐き気をこらえた。背後で足音がした。振り返った。ピッチャーを両手で持った巨大なフェアウェルがこちらをじっと見ていた。気分が悪いのかと訊かれた。わたしはいいえと答えた。少し目眩がしただけなので、新鮮な田舎の空気を吸えばすぐよくなるでしょう。フェアウェルは暗がりの中にいたが、彼が微笑んだのがわかった。かすかにタンゴのメロディーと、何かを嘆く甘ったるい歌声が聞こえてくる。フェアウェルはわたしに、ネルーダをどう思うかと尋ねた。言うまでもなく、最も偉大な詩人です、とわたしは答えた。二人ともしばらく黙っていた。やがてフェアウェルが二歩ばかりこちらに近づき、月明かりに照らされて、老いたギリシアの神を思わす彼の顔が目の前に現われた。わたしはすっかり赤面してしまった。フェアウェルは一瞬、わたしの腰に手を置いた。彼はイタリアの詩人たちがうたった夜について、ヤコポーネ・ダ・トーディの詩に出てくる夜について話した。苦行者たちの夜。君は読んだことがあるかね？　わたしは口ごもった。ジャコミーノ・ダ・ヴェローナやピエトロ・ダ・ベスカペ、それにボンヴェシン・デ・ラ・リーヴァなら神学校で少し読みました、と答えた。するとフェアウェルの手は、鍬で真っ二つにされた芋虫みたいによじれてわたしの腰から離れたが、顔は微笑みを浮かべたままだった。じゃあソルデッロは？　とフェアウェルは訊いた。どのソルデッロですか？　吟遊詩人（トルバドゥール）だよ、とフェアウェルが答えた。ソルデルまたはソルデッロだ。いいえ、とわたしは答えた。月を見てごらん、とフェアウェルが言った。わたしは月をちらりと見やった。いや、そうじゃない、とフェアウェルが言った。振り向いて、ちゃんと見るんだ。わたしは振り向いた。背後でフェアウェルがささやくのが聞こえた。ソルデッロ、どのソルデッロだ？　ヴェローナでリカルド・デ・サン・ボニファシオと、トレヴィーゾでエッツェリーノ・ダ・ロマーノと酒を酌み交わした男だ。どのソルデッロだ？（ここでフェアウェルの手はまたしてもわたしの腰にあてがわれた！）レーモン・ベランジェやアンジュー伯シャルル一世と馬上で競った男だ。ソルデッロは決して恐れなかった、恐れなかった、恐れたりしなかった。そのとき、自分が怯えていることに気づいたが、それでも月を見つめていようと思ったのを覚えている。恐怖をもたらしたのは、腰にあてがわれたフェアウェルの手ではなかった。彼の手ではなく、山裾を吹き下ろす風よりも速く月がきらめく夜でもなく、次から次に蓄音機から流れ出る忌まわしいタンゴの音楽でもなく、ネルーダと夫人、愛弟子の声でもなく、何か別のものだった。でも何でしょう、カルメンの聖母さま、とそのときわたしは自問した。ソルデッロ、どのソルデッロだ？　と背後でフェアウェルの声が皮肉な調子でまた響いた。ダンテのうたったソルデッロだ、パウンドのうたったソルデッロだ、『名誉の教え』のソルデッロだ、ブラカッツの死に際して哀悼歌（プラーニュ）をうたったソルデッロだ。するとそのとき、フェアウェルの手が腰から尻のほうへ下りてきて、プロヴァンスの悪党みたいに風がそっとテラスに忍び込み、わたしの黒い司祭服をはためかせ、わたしはこう考えた。二度目の災難（アイ！）が過ぎた。気をつけろ、すぐに三度目が来るぞ。そして考えた。わたしは海辺の砂浜に立っていた。そして海から獣が現われるのを見た。そしてわたしは考えた。そこに七つの盃を持った七人の天使のひとりがやってきて、わたしに話しかけた。そしてわたしは考えた。あいつの罪が積み重なって天に届き、神はその無数の邪悪を思い出したのだ。そのときになってネルーダの声が聞こえた。フェアウェルがわたしの背後にいたのと同様に、彼はフェアウェルの背後にいた。我らの詩人は、どのソルデッロについて、どのブラカッツについて話しているのかとフェアウェルに尋ねた。するとフェアウェルはネルーダのほうを、わたしはフェアウェルのほうを振り向いたが、わたしに見えたのは、二つかもしかすると三つの書架の重荷を背負った彼の背中だけで、そのあと、ソルデッロ、どのソルデッロだ？　と言うフェアウェルの声が聞こえ、それこそまさに知りたいことなんだが、と言うネルーダの声が聞こえ、知らないのか、パブロ？　と言うフェアウェルの声、冗談言うな、知るわけないだろう、と言うネルーダの声、そしてフェアウェルの笑い声。彼は笑いながらわたしを見つめ、共犯者めいたその不遜な眼差しはこう言っているようだった。詩人になりたいのならなるがいい、ただし文芸批評を書き、本を読み、追求する、本を読み、追及するんだ。ネルーダの声が言った。教えてくれるのか、くれないのか？　するとフェアウェルの声が『神曲』の断章をいくつか挙げ、今度はネルーダの声が『神曲』の別の断章を暗誦したが、ソルデッロとは何の関係もなかった。それでブラカッツは？　食人行為（カニバリズム）への誘いだ、ブラカッツの心臓を誰もが味わうべきだ。それからネルーダとフェアウェルは抱擁を交わし、ルベン・ダリオの詩をいくつか二人で朗誦し、その間、若いネルーダ信奉者とわたしは、ネルーダは我らの最良の詩人であり、フェアウェルは最良の批評家であると断言し、次々に祝杯を挙げた。ソルデッロ、どのソルデッロだ？　ソルデル、ソルデッロ、どのソルデッロだ？　週末を通じてずっと、どこに行こうが、軽やかで活気に満ち、軽快で物好きなそのフレーズがわたしにつきまとった。〈彼方〉での最初の夜はぐっすり眠った。二日目の夜は遅くまで、『十三世紀、十四世紀、十五世紀イタリア文学史』を読んでいた。日曜日の朝、二台の車がさらに客を運んできた。全員がネルーダとフェアウェル、それに若いネルーダ信奉者とさえ知り合いだったが、わたしのことは知らなかったので、彼らが大げさな挨拶を交わしている隙に本を一冊抱え、農園の母屋の左手に広がる森に逃げ込んだ。森を抜けていくと、外れに丘のような場所があり、そこからフェアウェルの葡萄畑と休耕地、それに小麦か大麦の育つ畑が見渡せた。牧場の中を蛇行する細い道に、麦わら帽子をかぶった二人の農夫の姿が見えたが、柳の木の陰に見えなくなった。柳の木の向こうには巨木が何本も立っていて、雲ひとつない天を突くかに見えた。さらにその向こうには高い山々が連なっていた。わたしは主の祈りを唱え、目を閉じた。それ以上何を望めただろう？　せいぜい川のせせらぎくらいのものだ。浅瀬を流れる澄み切った水の歌声。森を抜ける道に引き返したときも、ソルデル、ソルデッロ、どのソルデッロだ？　という声が耳の中でまだかすかに響いていたが、森の中の何かが、音楽的で高揚するそのフレーズを乱した。わたしは誤った方向に出てしまった。母屋の正面ではなく、神に見放されたような荒れ果てた果樹園の前にいた。犬の吠え声が聞こえるのに姿が見えないことにもはや驚くこともなく、わたしは果樹園を横切ろうとした。アボカドの木々の陰に、アルチンボルドの絵さながら、ありとあらゆる果実や野菜が栽培されていた。そのとき、一組の少年と少女がアダムとイブみたいに裸で、畑の畝に沿ってせっせと働いているのが見えた。少年がこちらを見た。洟が胸まで垂れていた。わたしは慌てて目を逸らしたが、ひどい吐き気がこみ上げてきた。自分が空虚の中に、はらわたの空虚の中に、胃袋や内臓でできた空虚の中に落ち込んでいく気がした。ようやく吐き気が治まると、少年と少女の姿は消えていた。その後、鶏小屋らしきものに出くわした。日はまだ高いのに、鶏たちがみな汚い止まり木で眠っているのが見えた。また犬の吠え声がして、どちらかというと大柄な人の身体が木の枝が茂る中に強引に分け入るような音がした。きっと風のせいだと思った。さらに先には厩舎と豚小屋があった。その周りを回ってみた。反対側にはナンヨウスギが一本そびえていた。あんなに堂々とした見事な木が、なぜこんなところに？　神の恩寵によってここに置かれたのだ、とわたしは独り言をつぶやいた。そのナンヨウスギに寄りかかり、ひと息ついた。しばらくそうしていると、はるか彼方で人の声がした。あれはわたしを探しに来たフェアウェルとネルーダ、それに友人たちの声にちがいないと思いながら先に進んだ。泥水が流れる水路を渡った。イラクサやあらゆる種類の雑草が生い茂り、一見するとでたらめに置かれたようだが、人間の意図に従って配置された石が続いているのを見た。いったい誰が石をそんなふうに並べたのだろう？　と自問した。ひとりの子供がぶかぶかの擦り切れたウールのセーターを着て、田園の夕暮れに先立つ漠とした孤独の中、物思いに耽りながら歩いていくのを想像した。ネズミを想像した。イノシシを想像した。人間がいまだ足を踏み入れていない小さな谷で死んだ猛禽類を想像した。その絶対的な孤独を確信する気持ちは相変わらず一点の曇りもなかった。水路の向こうに、木から木へ張られた麻ひもに洗い立ての洗濯物が吊り下がっているのが見え、風に揺れるたびに安っぽい石鹸の匂いがあたりに漂った。シーツとシャツをどけると、わたしが目にしたのは、三十メートルほど先に不完全な半円を描くように突っ立っている二人の女と三人の男が、両手で顔を覆っているところだった。それが彼らのしていたことだった。信じがたいことだが、それが彼らのしていたことだった。顔を覆っていたのだ！　その仕草が続いたのは少しの間だったが、彼らの三人がわたしを見るとこちらに歩いてきて、その光景（とそれが伴っていたもののすべて）によって、ほんの少しの間だったにもかかわらず、わたしの心身のバランス、数分前までは自然を眺めることでわたしに与えられていた幸福なバランスは崩れてしまった。後ずさりしたのを覚えている。シーツが身体に絡まった。手で払いのけようとしたが、農夫のひとりに手首をつかまれなかったら、仰向けに倒れていただろう。わたしは感謝しつつも困惑した表情をつくった。それが記憶に残っている。わたしのおずおずとした笑顔、おずおずとした歯、田園の静寂を破ってお礼の言葉を述べるわたしの声。二人の女に気分が悪いのかと訊かれた。具合はいかがですか、神父さま？　と二人は言った。わたしのことを知っているのにびっくりした。というのも、わたしが会った農婦は最初の日の二人だけで、しかもこの二人ではなかったからだ。それにわたしは司祭服を着ていなかった。だが噂が広まるのは早く、この二人は〈彼方〉ではなく隣の農園で働いていたにもかかわらず、わたしの存在を知っていて、ミサが行なわれるのを期待してフェアウェルの農園に馳せつけたのかもしれなかった。農園には礼拝堂があったので、フェアウェルならさしたる支障もなくミサをやらせることができただろうが、もちろんフェアウェルはそんなことを思いつきもしなかった。というのも、栄えある主賓は無神論者であることを（わたしは怪しんでいるが）誇りにしていたネルーダであり、週末の集まりの名目は文学であって宗教ではなかったからで、そのことはわたしも十分承知していた。けれども、その女たちはいくつもの放牧場や細い道を抜け、種まきの済んだ畑の縁を伝ってわたしに会いに来たのだ。そしてわたしはそこにいた。彼女たちはわたしを見つめ、わたしは彼女たちを見つめた。わたしが見たものは何だったか？　隈のできた目、割れた唇。上気した頬。キリスト教的諦観とは思えない忍耐心。どこかよその土地からやってきたかのような忍耐心だ。その女たちはチリ人であるにもかかわらず、チリ人らしからぬ忍耐心。それは我が国どころかアメリカ大陸で鍛えられた忍耐心でもなく、ヨーロッパの、アジアの、アフリカの忍耐心ですらなかった（後者二つの文化については実のところ知らないのだが）。外の空間からやってきたかのような忍耐心。その忍耐心はわたしの忍耐心を上回りかねないほどだった。そしてその言葉、ささやきは野を渡り、風にそよぐ木々を伝い、風にそよぐ草の間を抜け、風にそよぐ大地の恵みに広がった。わたしは次第に焦りを募らせた。というのも、母屋では皆がわたしを待っていて、たぶん誰かが、フェアウェルか他の誰かが、なぜわたしがなかなか戻らないのかと不思議に思っているかもしれなかったからだ。女たちはただ微笑むか、そっけない身ぶりをするか、あるいは驚いてみせるばかりで、それまで無表情で謎めいていた顔が明るくなったかと思えば、無言の問いにこわばり、あるいは言葉のない叫びとなって広がっていった。一方、後ろに留まっていた二人の男は歩き始めたが、まっすぐにではなく、山に向かうのではなく、ジグザグに進んでいったが、それは、互いに言葉を交わし、ときおり草原のどこことも知れない地点を指差しながら、あたかも自然が彼らに対しても、声に出して述べるにふさわしい奇妙な観察を盛んに促しているかのようだった。わたしが出会ったとき女たちと一緒にいて、わたしの手首をつかんで押さえてくれた男は、わたしと女たちから四メートルほど離れたところでじっと動かずにいたが、振り返って仲間の行方を目で追い、まるで仲間がしたり見たりすることに突然興味をそそられたかのように、どんな些細なことも見逃すまいと目を凝らしていた。わたしは男の顔を食い入るように見つめたのを覚えている。そんなひとりの人間の性格、心理状態を明らかにするつもりで、顔の細部までつぶさに眺めたのを覚えている。だが彼について唯一記憶に残っているのは、醜かったということだけだ。醜男だったうえに、首があまりに短かった。実際のところ、誰も彼もが醜かった。女たちは醜く、話す言葉は支離滅裂だった。じっとしている男も醜く、その身動きしない様子は支離滅裂だった。遠ざかっていく農夫たちも醜く、ジグザグ歩きの不可解さは支離滅裂だった。神よ、我を赦したまえ、そして彼らを赦したまえ。砂漠に迷える魂たち。わたしは彼らに背を向けると、そこから立ち去った。彼らに微笑みかけ、何か言ってから、〈彼方〉の母屋への行き方を尋ね、そこをあとにした。女たちのひとりがわたしについてきたがった。わたしは拒んだ。女は執拗に言い張った。お供しますよ、神父さま、と言い、「お供（コンポジャール）」という言葉がそんな女の口から飛び出したのでわたしは可笑しくなり、その笑いが身体中を駆け巡った。あなたがわたしのお供をするのですか？　とわたしは訊き返した。ええ、このあたくしがね、と彼女は答えた。あるいはあたしがと言ったか。それとも、一九五〇年代末の風がわたしのではない何かの記憶の果てしない屈折を経て、今も運んでくる何かだったか。いずれにせよ、わたしは可笑しさに身を震わせ、可笑しさに身体がぞくぞくした。その必要はありません、とわたしは答えた。もう結構、と言った。今日のところは十分ですから、と言った。そして彼らに背を向け、力強く、しっかりとした足取りで、腕を振り、微笑みを浮かべて歩き出したが、吊るされた洗濯物の境界を越えたとたん、その微笑みは遠慮のない笑いに変わり、それにつれて足取りもやや軍隊風の早足に変わった。〈彼方〉の庭では、高級な木材でできた日陰棚（パーゴラ）のそばで、フェアウェルの招待客がネルーダの朗読に耳を傾けていた。わたしは黙って若いネルーダ信奉者の隣に立った。彼は煙草を吸い、わたしがいるのを気にも留めず、朗読を聞くことに集中している様子で、その間にも、名だたる詩人の言葉は大地のさまざまな層をすり抜けたり、日陰棚の細工のある横木まで上ったり、さらに祖国の晴れ渡った空を流れるボードレールのちぎれ雲に達した。午後六時、わたしは〈彼方〉への最初の訪問を切り上げて発った。フェアウェルの招待客のひとりがチジャンまで車で送ってくれたので、サンティアゴに戻るのにちょうどいい時間の列車に乗ることができた。こうしてわたしの文学界における洗礼は終わった。それからしばらくというもの、夜、あれこれ考えたり眠れずにいる間に、いかに多くのしばしば矛盾するイメージに悩まされたことだろう！　幾度となくフェアウェルの丸みを帯びた黒いシルエットが、巨大なドアの枠に切り取られて見えることがあった。彼は両手をポケットに突っ込み、時が過ぎゆくのをじっと眺めているようだった。それに、フェアウェルが自分のクラブの肘掛け椅子に足を組んで座り、文学の不滅について語っているところも見た。ああ、文学の不滅。またあるときは、コンガでも踊るように腰をつかんで数珠つなぎになった一群の人々が、壁が絵画でびっしり埋め尽くされた広間を縦横無尽に動き回っているのを見た。踊ってくれよ、神父さん、と姿の見えない誰かが言う。だめです、とわたしは答える。カトリックの誓いで禁じられているのです。わたしは片手に手帳を持ち、もう片方の手で、ある本の書評の下書きをしていた。本のタイトルは『時の経過』だ。時の経過、時間の経過、歳月の立てる音、幻影の絶壁、生き残ることの労苦を除くあらゆる種類の労苦からなる死の渓谷。コンガの蛇がシンコペーションのリズムを刻みながら、一斉に動いていてまず左足を上げ、次に右、次に左、次に右足を上げ、わたしのいる片隅に避けがたく近づいてきた。とそのとき、踊る人々の中にフェアウェルの姿を見つけた。フェアウェルは当時のチリで社交界の最上流に属する婦人の腰をつかんでいて、その婦人のバスク系の姓は残念ながら忘れてしまったが、一方の彼は、今にも身体が崩れてしまいそうな老人に腰をつかまれていて、生きているというより死んでいるといった様子のその老人は四方八方に笑顔を振りまき、誰よりもコンガを楽しんでいるように見えた。またあるときは、自分の少年時代や思春期のイメージがよみがえることもあり、父の影がまるでイタチかケナガイタチ、あるいはもっと厳密に言えば、あまり適切でない容れ物に閉じ込められたウナギみたいに家の廊下を滑るように動いているのが見えた。いかなる会話も対話も禁じられている、とある声が言う。ときおり、その声の正体について自問した。天使の声だろうか？　わたしの守護天使の声だろうか？　悪魔の声だろうか？　自分自身の声だと気づくのに時間はかからなかった。それは鋼の神経を持ったパイロットのようにわたしの夢を操縦する超自我（スペレゴ）の声であり、炎に包まれた幹線道路で冷凍車を運転している超自我（スペルジョ）であり、一方、エスのほうは、ミュケネー語みたいなわけのわからない言葉でうめいたり話したりしていた。わたしの自我（エゴ）は、もちろん眠っていた。眠り、働いていた。そのころわたしはカトリック大学で働き始めていた。そのころわたしは最初の詩を、続いて最初の書評を、サンティアゴの文学シーンについての覚書を発表し始めた。わたしは片肘をついたまま首を伸ばし、思い出す。エンリケ・リン、彼の世代で最も輝いていた詩人、そしてジアコーネ、ウリベ＝アルセ、ホルヘ・テイリエール、エフライン・バルケロ、デリア・ドミンゲス、カルロス・デ・ロカ、黄金の若き世代。ニカノール・パラの影響というか教えを受けていたわずかな例外を除けば、その全員、あるいはほぼ全員がネルーダの影響下にあった。それからロサメル・デル・バジェのことも覚えている。彼には会ったことがある、もちろんだとも。わたしは彼らの本をみな書評したのだ。ロサメル、ディアス＝カサヌエバ、ブラウリオ・アレナスと彼の「マンドラゴラ」誌の同人たち、テイリエール、雨の多い南部出身の若い詩人たち、五〇年世代の小説家たち、ドノソ、エドワーズ、ラフォルカデ。皆すばらしい人物であり、輝かしい作家だった。ゴンサロ・ロハス、アンギータ。マヌエル・ロハスの批評もしたし、フアン・エマール、マリア・ルイサ・ボンバル、マルタ・ブルネーについて語りもした。ブレスト＝ガナ、アウグスト・ダルマル、そしてサルバドール・レイェスの作品の研究書や解説を書いた。それから意を決し、いやそれ以前に決心したのかもしれない、今となっては何もかもが曖昧模糊としているが、おそらくそれ以前に、批評家としての仕事のためにペンネームをつくり、本名は詩作のためにとっておこうと心に決めた。そしてそのとき、H・イバカチェという名前を採用したのだ。すると少しずつ、H・イバカチェは、セバスティアン・ウルティア゠ラクロワよりも有名になっていき、それはわたしにとって驚きであると同時に喜ばしいことでもあった。というのも、ウルティア゠ラクロワは将来に向けて詩作品を構想していたからで、歳月を経ることによってのみ結晶するカノンとなるべく、チリではいまだかつて誰も実践していない詩形で書かれるはずだった。何を言っているのだ、いまだかつて誰も実践していないなんて！　一方、イバカチェは、かつてのフェアウェルのように読み、声に出して自分の読解を解説していた。我々の文学を明らかにしようとする努力、理にかなった努力、文明化された努力、まるで死の岸辺に立つ謙虚な灯台のような控えめで融和的な調子の努力、それにその純粋さ、イバカチェの短調の響きを帯びているが、だからといって称賛に値する度合いが低いわけではないその純粋さ。というのも、イバカチェというのは疑いの余地なく、行間を読んでもその総体を見ても、余計なものを捨て去ることの、合理性の、つまり市民的価値の、生きた実践だからであり、彼の分身のダイヤモンドのような純粋さでもって一行一行練られていくウルティア゠ラクロワの作品は、イバカチェによって他のいかなる計略よりもはるかに大きな力で照らし出される可能性があった。純粋さと言えば、というか純粋さについて言うなら、ある日の午後、ドン・サルバドール・レイェスの家で、わたしはフェアウェルを含む五、六人の招待客と一緒だった。そのときドン・サルバドールが、ヨーロッパで自分が知り合った人々の中で最も純粋な人物は、ドイツの作家エルンスト・ユンガーだと言った。するとフェアウェルは、この話を知っていたにちがいないのだが、ドン・サルバドールの口から直接わたしに聞かせようとして、いかにしてユンガーと知り合ったか、どんな状況だったか説明してくれないかと彼に頼んだ。するとドン・サルバドールは金で縁取られた肘掛け椅子に腰を下ろし、それははるか昔、第二次世界大戦の最中のパリで、自分がチリ大使館に勤めていたときのことだと言った。そして、あるパーティーの話をしてくれて、そこがチリ大使館だったか、ドイツ大使館だったか、それともイタリア大使館だったか今となっては覚えていないが、そのとき彼はある絶世の美女に、ドイツの有名な作家に紹介してほしいかと訊かれた。当時ドン・サルバドールはたぶん五十歳になる前で、つまり今のわたしよりもはるかに若く逞しかったはずだが、彼はこう答えた。ええ、喜んで、ぜひ紹介してください、ジョヴァンナさん、するとこのイタリア人女性、我らの作家にして外交官にぞっこんだったイタリアの公爵夫人だか伯爵夫人は、いくつもの大広間を通り抜けて彼をその先へ案内した。ある大広間に進むたび、神秘的なバラの花が開くように次の大広間の扉が開き、最後の大広間に辿り着くと、そこにはドイツ国防軍の将校の一団やさまざまな民間人がいて、そこにいたすべての人々の関心の的が、第一次世界大戦の英雄にして『鋼鉄の嵐の中で』『アフリカ遊戯』『大理石の断崖の上で』『ヘリオポリス』の著者であるユンガー大尉だった。このドイツの大作家の語るありがたい言葉をいくつか聞いたあと、イタリアの貴婦人は彼をチリの作家兼外交官に紹介しようとし、二人はもちろんフランス語で意見を交わした。するとユンガーは我らの作家に、あなたの作品のフランス語版を手に入れることは可能だろうかと、丁重だが熱っぽい口調で尋ね、それに対してチリの作家は即座に、もちろんフランス語に訳された本がひとつある、もしもあなたが読みたいと言ってくれるなら喜んで贈呈するつもりだと素早く答えた。その言葉にユンガーは満足げに微笑んでみせ、二人は名刺を交わし、夕食か昼食か朝食をともにする日をはっきり決めた。というのも、ユンガーの予定表は断りきれない約束でびっしり埋まっているばかりか、他にも毎日のように予定外の面会の申し込みがあって、どんな先約も覆されてしまうからで、二人は少なくとも軽食(オンセ)、チリ式の軽食を取る日にちをひとまず決めたというわけだ、とドン・サルバドールは言ったが、彼によれば、それがどんなにいいものかをユンガーに教えてやるためであり、ここチリでは我々がまだ羽根をまとっているとユンガーに思われないようにするためだった。それからドン・サルバドールはユンガーと別れ、イタリアの伯爵夫人だか公爵夫人だか大公夫人と一緒にその場をあとにして、互いに繋がっている大広間をまた次々と通り抜け、神秘的なバラの花が、別の神秘的なバラの花に向かって花びらを開き、そのバラがまた別の神秘的なバラの花に向かって花びらを開くということを永遠に繰り返すように大広間の扉は次々に開き、彼はイタリア語でダンテについて、ダンテの女性たちについて話したが、それは、つまり会話の中身ということではダヌンツィオとその娼婦たちについて話したとしても同じことだっただろう。その数日後、ドン・サルバドールは、あるグアテマラ人画家の屋根裏部屋でユンガーと出くわした。パリが占領されたあと、ここから逃げ出せなかったこの画家をドン・サルバドールはときおり訪ね、その都度さまざまな食べ物、パンとパテ、ボルドーワインの小瓶、粗末な紙に包んだ一キロ分のスパゲッティ、紅茶と砂糖、米とオリーブ油と煙草など、大使館の厨房や闇市で見つかるものを手土産にしたが、我らの作家の施しを受けていたこのグアテマラ人画家はお礼を言ったためしがなく、たとえドン・サルバドールがキャビアの缶詰やプラムのジャムやシャンパンを持って現われたとしても、ありがとうサルバドールとか、感謝しますドン・サルバドールなどと口にすることは一度たりともなかった。そればかりでなく、あるときなど、我らのやんごとなき外交官は画家のもとに自分の小説を持参したこともあった。それは別の人にプレゼントするつもりだったのだが（その人物の名は伏せておくほうがいいだろう、というのも人妻だったからだ）、グアテマラ人画家があまりに意気消沈しているのを見て、その小説をプレゼントするか貸すことにした。そしてひと月後、ふたたび画家のもとを訪れると、その小説は、彼の小説は、前と同じテーブルだか椅子の上に置きっぱなしになっていた。そこでドン・サルバドールは画家に、気に入らなかったのか、それとも逆に楽しめるところがあったのかどうかと訊いた。すると画家は、いつもの内気で不機嫌そうな様子で、読んでいないと答えた。それを聞いてドン・サルバドールは、そのような状況に見舞われた作家たち（少なくともチリやアルゼンチンの作家たち）に特有の落胆を感じながら、参ったな、つまり君はその本が気に入らなかったわけだ、と言った。それを聞いてグアテマラ人画家は、気に入ったわけでもなければ気に入らなかったわけでもない、ただ単に読んでいないだけだと答えた。そこでドン・サルバドールが自分の小説を手に取ってみたところ、埃をかぶっているのに気づいた。それは本が（物が！）使われていないと積もる埃であり、そのとたんグアテマラ人の言っていることが正しいとわかったので、それについては気にかけないことにしたが、ドン・サルバドールがその屋根裏部屋にふたたび姿を現わしたのは、少なくともその二か月後のことだった。そして再訪してみると、画家はそれまでになく、まるでその二か月の間何も口にしなかったかのように痩せ細っていて、あたかも、当時の何人かの医者には憂鬱病と呼ばれ、今日では摂食障害と呼ばれる病に罹り、部屋の窓からパリの街並みを眺めながら死に身を委ねようとしているかのようだった。その病に罹るのは多くが若い娘、きらめく風がサンティアゴの架空の街路から運んでいったり運んできたりするロリータたちだが、当時、ゲルマン人の意のままになっていたパリでは、急な階段の上の暗い屋根裏部屋で暮らすグアテマラ人画家たちを悩ませたもので、摂食障害ではなく「憂鬱病（モルブス・メランコリクス）」という名が与えられていた。気の弱い者が罹る病だ。そのときドン・サルバドール・レイエスあるいはもしかするとフェアウェルは（ただしフェアウェルだったとすれば、もっとあとになってからのことだ）、ロバート・バートンの著書『憂鬱症の解剖』を思い出した。そこにはこの病のことが実に的確に述べられている。そしてたしかそのとき、そこにいたわたしたちはみな口を閉ざし、黒い胆汁の影響で亡くなった人々に一分間の黙禱を捧げた。今わたしの身体を蝕み、わたしの力を奪い、老いた若者の言葉を耳にするとわたしを泣き出したい気持ちにさせるその黒い胆汁に。そして一同が押し黙ったとき、わたしたちはまるで偶然との緊密な結びつきによって無声映画から抜き出したようなワンシーン、真っ白なスクリーン、試験管、蒸留器になったかのようだった。そしてフィルムは焼け、焼け、焼け続け、するとドン・サルバドールは、憂鬱を無限の切望――憧憬（ゼーンズフト）――として語るシェリング（フェアウェルが言うには、ドン・サルバドールは一度も読んだことがなかった）について語り、その患者に視床を前頭葉の脳皮質と繋ぐ神経線維を切断する治療を施していたという神経外科手術について語った。それからドン・サルバドールはまたあのグアテマラ人画家、痩せこけ、弱り、やつれ、げっそりし、細り、生気がなく、衰え、憔悴し、衰弱し、か細くなり、頬がこけた、一言で言えば、ドン・サルバドールがぎょっとするほど痩せ衰えた例の画家の話に戻った。誰それだか、何某だか、その中米人の名前が何であれ、君はこんなにまでなってしまったのかと思い、善きチリ人としてまずしてやりたいと思ったのが、画家を夕食か軽食（オンセ）に招くことだったが、グアテマラ人にはそんな時間に表に出ていくことはできないという理由で申し出を断られ、そこで我らの外交官は天だか天井に向かって叫び声を上げ、いつから食べていないのかと訊くと、グアテマラ人はちょっと前に食べたばかりだと答えたが、ちょっと前というのはいつなんだ？　画家は思い出せなかった。だが、ドン・サルバドールはある些細なことを思い出し、その些細なことというのはこんな話だった。彼がしゃべるのをやめて、持参した少しばかりの食べ物をこんろの隣の食器戸棚に入れた、つまりグアテマラ人の屋根裏部屋がふたたび静寂に支配され、ドン・サルバドールの存在感が薄らいだとき、彼はもっぱら食べ物を並べたり、グアテマラ人が周りの壁に掛けた絵を何百回と眺めたり、あるいは椅子に腰掛けて、何か考え事をしたり煙草を吸ったりしながら、長年外交官の職に携わってきたり外務省に勤めてきた人々のみが備える意志の力（と無関心）によって時が経つのに任せていたのだが、グアテマラ人のほうは、ひとつしかない窓のそばにあえて置かれた別の椅子に腰を下ろしていた。そしてドン・サルバドールが部屋の奥の椅子に座って、自分の心の中の移りゆく風景を眺めながら時間を潰している間、弱々しく憂鬱なグアテマラ人は、何度見ても物珍しいパリの風景を眺めながら時が経つのに任せていた。そして我らの作家の目が透明な線、グアテマラ人の眼差しがそこへ向かって収斂していくかそこから分岐する消失点を見つけたとき、そう、まさにそのとき、彼の心にぞっとするような影が射し、ただちに目をつぶりたい、パリのはためく黄昏を眺めているあの存在をもう見ていたくないという願い、逃げ出したい、あるいは彼を抱擁したいという衝動、彼に何が見えるのかと尋ね、続いてそれを自分のものにしたいという（論理に導かれた野心に隠されている）願望、と同時に、聞こえないものが、我々には聞こえず、ほとんど発音できそうもない本質的な言葉が聞こえる恐怖を感じた。そしてそこで、その屋根裏部屋で、まったくの偶然だが、サルバドール・レイェスはその後、エルンスト・ユンガーと出くわしたのだ。ユンガーは鋭い嗅覚と、とりわけ尽きることのない好奇心に駆られて、このグアテマラ人のもとを訪れたのだった。ドン・サルバドールがこの中米人の部屋の敷居をまたいだとき、最初に目に入ったのは、ドイツ国防軍の将校の制服に身を包み、ドン・サルバドールが何度となく目にしてきた二メートル四方の絵の習作に見入っているユンガーの姿だった。《夜が明ける一時間前のメキシコシティの風景》という風変わりなタイトルがついたその油彩画には、シュルレアリスムの避けがたい影響が見られたが、それはこのグアテマラ人画家が、意欲ほどの成果には恵まれず、ブルトンの教団の面々から公式に祝福を受けることは一度もなかったものの、件の運動に参加していたからだ。何人かのイタリアの風景画家についてのある種の非本質的な解釈や、中米の過敏な変わり種にありがちな、ルドンやモローといったフランス象徴派への愛着も認められた。その絵は、丘の上かたぶん高層ビルのバルコニーから俯瞰したメキシコシティを描いていた。緑色と灰色が際立っていた。いくつかの地区は波のように見えた。他の地区は写真のネガのようだった。人の姿は見当たらなかったが、そこかしこに人間か動物らしきものの骸骨がおぼろげに見て取れた。ドン・サルバドールを見て、ユンガーの顔には驚きの色がかすかに浮かんだが、すぐにそれはやはりかすかな喜びの表情に取って代わった。もちろん二人は熱烈な挨拶とお定まりの質問を交わした。それからユンガーは絵の話を始めた。ドン・サルバドールは、自分が不案内なドイツの美術について尋ねてみた。だが、ユンガーは本当のところデューラーにしか関心がなさそうだったので、二人はしばらくデューラーのことばかり話した。二人の会話は次第に熱を帯びてきた。突然、ドン・サルバドールは、屋根裏部屋に着いてからまだその主の画家と一言も言葉を交わしていないことに気づいた。彼は画家を探しながら、心の内でふとした不安が頭をもたげ、それがだんだんふくらんでいった。どんな不安かとわたしたちが訊くと、そのグアテマラ人がフランスの警察か、さらにまずい場合はゲシュタポに捕まってしまったかもしれないという気がしたのだとドン・サルバドールは答えた。しかし、グアテマラ人は部屋にいて、窓辺に座り、夢中で（といっても、夢中という言葉は適切ではなく、夢中という言葉ではありえないのだが）パリを凝視していた。我らの外交官はほっとして、巧みに話題を変え、寡黙な中米人の作品をどう思うかとユンガーに尋ねた。あの画家はひどい貧血症に罹っているらしい、一番効くのはもちろん食べることだとユンガーは答えた。その瞬間、ドン・サルバドールは、グアテマラ人のために持ってきた食料をまだ手に持っていたことに気づいた。紅茶が少し、砂糖が少し、丸パン一個、それにチリ大使館の厨房から失敬してきた、チリ人は誰ひとり食べたがらない山羊の乳のチーズが半キロばかりあった。ユンガーは食料を見ていた。ドン・サルバドールは真っ赤になって、食料を棚に置きながら、「ささやかなものを持ってきたよ」とグアテマラ人に言った。グアテマラ人は例によってお礼の言葉も返さなければ、何を持ってきたのか見ようと振り向きもしなかった。束の間だったが、とドン・サルバドールは回想しながら言った。あれほど滑稽な状況はなかったな。ユンガーと彼は突っ立ったまま、何と言っていいかわからずにいた。中米の画家は窓辺から離れず、頑なに二人に背を向けたままだった。だがユンガーはいかなる状況に対しても答えを持っていて、もてなす側の人物にまるでその気がないのを見て取ると、自らドン・サルバドールをもてなすことにし、椅子を二つ近づけて、我らの外交官にトルコ煙草を勧めた。彼自身はその夜の集いの間まったく吸わなかったので、それは友人用か、あるいは特別な場合にのみ供されるもののようだった。その日の宵、パリのサロンの喧噪やしばしば無遠慮な干渉から遠く離れて、チリ人の作家とドイツ人の作家は、人間と神、戦争と平和、イタリア絵画や北欧絵画、悪の根源と、ときに偶然によって結びついているかに見える悪のさまざまな影響、そしてユンガーが彼の同国人であると同時にチリ人でもあるフィリッピを読んだおかげで知ったらしいチリの動植物など、二人が話したいと思うありとあらゆることについて語り合った。最初はドン・サルバドールが自ら淹れた紅茶のカップをそれぞれ手にし（グアテマラ人はほしいかどうか訊かれると、ほとんど聞き取れないくらいの声で、いらないと答えた）、それに二つのコップに注がれたコニャックが続き、そのコニャックはユンガーが携帯用の銀の平たい酒瓶に入れて持ってきたもので、グアテマラ人もこれは拒まなかった。すると二人の作家は、最初は微笑みを浮かべたが、その後は遠慮なくあからさまに笑い、しかるべき気の利いた軽口を叩いた。それからグアテマラ人は、もらったコニャックのコップを持って窓辺に戻ったが、この画家の油彩画に興味を持っていたユンガーは、アステカの都での暮らしは長かったか、そこに滞在したことでどんな印象を受けたか知りたがった。その問いに対してグアテマラ人は、メキシコシティにはたった一週間いただけで、その都市についての記憶はぼんやりとしてほとんど輪郭がはっきりしない、しかも、そのドイツ人が関心というか好奇心を抱いている絵は何年も経ってからパリで描いたもので、制作したときにメキシコのことはほとんど考えなかった、とはいえ他にもっとふさわしい言葉がないのでメキシコ的感情と呼ぶ何かを感じてはいたと答えた。するとユンガーは、封印された記憶の井戸について話し始めたが、その井戸というのはおそらく、グアテマラ人がメキシコシティに少しの間滞在した際に捉えながらも何年もあとになるまで表に出てこなかったヴィジョンを暗に指していて、ドン・サルバドールは、ドイツの英雄の言うことすべてに頷いていたが、心の内で、それはもしかすると突然封印の解かれた井戸のことではなく、いずれにせよそうした封印された井戸のことを特に指しているのではないのかもしれないと考えた。するとそう思ったとたんに、自分の頭がぶんぶん唸り出した。それは、あたかも暑さと目眩の感覚を通じてしか見ることができない何百匹ものアブやウシアブが逃げ出していくかのようだったが、グアテマラ人の屋根裏部屋は暑い場所とはいえなかったし、彼の瞼の前を飛び回るウシアブは、羽の生えた汗の滴みたいに透明で、アブ特有の羽音というかウシアブ特有の羽音を立てていたが、結局どちらにしても同じことだ。もっともパリにウシアブはいない。そのときドン・サルバドールは、またもや同意して頷きながら、もはやユンガーがフランス語でのたまう話を断片的にしか理解できなかったが、それでも真実の一部は見えたというか見えたと思った。その真実のごく一部とは、グアテマラ人画家はパリにいて、戦争が始まったか始まる寸前で、そのグアテマラ人はすでに、ひとつしかない窓の前でパリの景色を眺めながら、長々と、死んだ（あるいは瀕死の）時間を過ごす習慣を身につけているということで、そうやって眺めること、グアテマラ人が眠りもせずにパリの街を眺めていたことから生まれたのが《夜が明ける一時間前のメキシコシティの風景》なのだ。彼によれば、その絵は人身御供の祭壇であり、究極の倦怠の表明であり、敗北の甘受であるが、それはパリの敗北でも、自らを灰燼に帰す覚悟を決めたヨーロッパ文化の敗北でも、画家が漠然と共有していたある理想の政治的敗北でもなく、彼自身の敗北、名声も富もないが、光の都のサロンにその名を刻む覚悟でいたひとりのグアテマラ人の敗北を意味していた。そしてそのグアテマラ人が自らの敗北を受け入れるときの明晰さ、純粋に個人的で取るに足りないことを越える別の何かを加味するような明晰さに、我らの外交官は身の毛がよだったというか、俗っぽい言い方をすれば、鳥肌が立った。ここでドン・サルバドールはコップに残っていたコニャックを飲み干し、ふたたびユンガーの話に耳を傾けた。ドイツ人はこの間ずっとひとりでしゃべりどおしで、それというのも、彼、つまり我らの作家は不毛な思考の蜘蛛の巣に絡まり、グアテマラ人のほうは予想に違わず、いつもの窓辺でやつれた様子で、幾度となく不毛にも繰り返してきたパリの街の観察を続けていたからだ。したがって、熱弁をふるう話の筋をそれほど苦労せずに（少なくとも彼自身はそう思った）把握すると、ドン・サルバドールはユンガーの繰り広げる意見に口を挟むことができた。それにしてもこのドイツ人の話しぶりは、謙虚さによって、彼の美術に関する持論を披露するときの誇張のなさによって和らげられていなかったなら、まさにパブロその人も恐れ入るほどのものだった。やがて、ドイツ国防軍の将校とチリの外交官は連れ立ってグアテマラ人の屋根裏部屋をあとにした。果てしなく続く急な階段を下りて表に出る途中、ユンガーは、あのグアテマラ人は次の冬まで生き延びられないと思うと言ったが、彼の口から出たその言葉はいささか奇妙に聞こえた。なぜなら、何万という人々が次の冬まで生き延びられないだろうということは誰の目にも明らかだったし、彼らの多くはグアテマラ人よりもはるかに健康で、はるかに幸せで、グアテマラ人よりも明らかに恵まれた生活状況にあったのだから。しかし、ユンガーはたぶん考えずに言ったか、グアテマラ人のこととそのことは厳密に区別していたのだろう、ドン・サルバドールはまた頷いた。繰り返し画家を訪ねていて、果たして死にかけているかどうかは確信が持てなかったが、それでも彼はおそらく、そうだ、もちろん、当然だともと言ったか、もしかすると、どうにでも取れて逆の意味にもなりうる、ふむふむという外交官流の相槌を打っただけかもしれなかった。それから少しして、エルンスト・ユンガーはサルバドール・レイェスの家に行き、夕食をともにした。このときは、コニャックはコニャック用のグラスに注がれ、快適な肘掛け椅子に座って文学談義に花が咲き、夕食は言ってみれば、美食の面でも知的な面でも、こうあるべきというパリの夕食に見合ったものだった。そしてドイツ人の帰り際に、ドン・サルバドールは自分の著書の（おそらく唯一の、わたしにはわからないが）仏訳版を彼に進呈した。老いた若者によれば、パリではドン・サルバドール・レイェスについて何かしらの記憶をとどめている者はただの一人もいないという。彼がそう言ったのはわたしへのあてつけにちがいない。もしかするとパリではもはやサルバドール・レイェスのことを覚えている者はいないかもしれないし、事実、チリでも彼を覚えている人間はほとんどいないし、ましてや今でも彼の本を読むという者はもっと少ないだろう。だが今そのことは重要ではない。肝心なのは、サルバドール・レイェスの家をあとにするとき、ドイツ人が自分の三つ揃いのポケットに我らの作家の本を一冊入れていたということで、その本について回想録で語っていて、悪いことは言っていないところを見れば、あとで読んだことは間違いない。サルバドール・レイェスが、第二次世界大戦の間パリで過ごした歳月について我々に語ったことはそれがすべてだ。そして、我々が間違いなく誇るべきことがひとつある。それは、ユンガーの回想録で言及されるチリ人は、ドン・サルバドール・レイェスをおいて他にいないということだ。あのドイツ人によって書かれた作品の中に震える鼻をのぞかせるチリ人は、ドン・サルバドール・レイェスをおいて他にいない。ユンガーの人生における暗くも豊かな時代に、ひとりの人間として、また一冊の本の著者として登場するチリ人は、ドン・サルバドール・レイェスをおいて他にいない。そしてその晩、我らの語り部兼外交官の家を辞去し、フェアウェルの放縦な影とともに菩提樹の並木道を歩いていくと、優雅さが英雄たちの夢のように輝き、溢れ出す幻影を見た。若く衝動的だったわたしは、ただちにそのことをフェアウェルに伝えたが、彼はあるレストランに早く着くことしか考えていなかった（そこのシェフを彼は絶賛していた）。そこでわたしはフェアウェルに、その静かな菩提樹の並木道を一緒に歩いてくる途中で、詩を書いている自分を見たのだと言った。その詩は、煙を上げるよじれた鉄の巣の中の小鳥のように宇宙船の中で眠るひとりの作家の存在あるいは金色の影についてうたったもので、不死への旅に出たその作家はユンガー、宇宙船はアンデス山脈に衝突し、英雄の穢れのない遺体は万年雪のおかげで鉄の中で保存される。英雄たちの書いたもの、さらにはその英雄たちの記録を書き記す者というのは、それ自体が歌、神と文明の賛歌なのだと。すると空腹を募らせて精一杯歩みを速めていたフェアウェルは、口の減らない者でも見るように肩越しにわたしを見て、あざけるような笑みを送ってよこした。そして、君はサルバドール・レイェスの言葉に感銘を受けたようだ、とわたしに言った。よくないことだ。気に入るのはいい。だが感銘するのはよくない。フェアウェルは一瞬たりとも立ち止まることなくそう言った。それから、英雄という主題については多くの文学があるとわたしに言った。その多さときたら、趣味と思想のまったくかけ離れた二人が目をつぶって何かを選んでも、それが一致する可能性がまずないくらいだ。それから、あたかも頑張って歩いたせいでへとへとになったかのように黙り込んでしまい、しばらくするとこう言った。だめだ（チタス）、腹が減った。それまで彼の口から一度も聞いたことのない、その後も二度と聞くことのなかった言葉で、そのあとはもう、どちらかと言えば粗末なレストランのテーブルに着くまで、彼は何も言わなかった。その店で、さまざまな種類の美味なチリ料理を貪り食いながら、フェアウェルはわたしに、〈英雄たちの丘〉またはヘルデンベルクという、おそらくオーストリアかハンガリーあたりの中欧のどこかにある丘の話をしてくれた。うぶだったわたしは、フェアウェルが語ろうとしている話はユンガーと関係があるのか、それとも、その前に興奮のあまりわたしが彼に話したユンガーのことや、アンデス山脈に衝突した宇宙船のこと、自分の書いたものにのみ守られて続ける英雄たちの不死への旅と関係があるのではないかと思った。ところが、フェアウェルが語ったのはある靴屋の話で、オーストリア＝ハンガリー帝国の臣民だったその靴屋は、どこかから靴を輸入して他のどこかで売り、その後はウィーンで靴を製造し、ウィーンやブダペストやプラハのお洒落な人々、そしてミュンヘンやチューリヒのお洒落な人々やソフィアやベオグラードやザグレブやブカレストのお洒落な人々に売ることで富を築いた。この実業家はわずかな元手で、おそらく順風満帆というわけにはいかない家内工業を立ち上げ、確かな基盤を築くとともにそれを発展させて評判を得た。というのも、この製造業者が作る靴は、それを履いたすべての人々から称賛され、その洗練された趣味と履き心地のよさが際立っていたからで、要はそれ、美しさと快適さを兼ね備えていたということなのだ。短靴の他に長靴や半長靴、登山靴、さらには室内履きやスリッパまで、どれもおそろしく丈夫で長持ちする、つまりそこの靴を履いている人間が道の真ん中で立ち往生することはない、それはいつだって感謝すべきことだが、そこの靴で胼胝（たこ）ができることもないし、すでにできている胼胝を悪化させることもない、足の治療に頻繁に通う者はきっと笑い事とは思わないだろう、つまり、その銘柄と商標は上質さと快適さを保証するものだった。そして、件の靴屋、ウィーンの靴屋の顧客の中にはオーストリア＝ハンガリー帝国の他ならぬ皇帝その人がいて、靴屋は招待されたか招待してもらうことに成功したかで、皇帝と大臣たち、帝国陸軍元帥や将軍たちがときおり顔を見せる宴会に何度か出席したことがあった。そうしたお偉方はひとりならずこの靴屋の作った乗馬靴か普通の靴を履いて宴会にやってきて、彼に話しかけてくれたが、そこで決まって交わされるのは取るに足りないが常に親切で、控えめで慎重だが、秋の宮殿のあの穏やかでほとんど感じ取れないほどの憂愁に染まった言葉で、フェアウェルによれば、それがオーストリア＝ハンガリー人の憂愁であるのに対し、たとえばロシア人の憂愁は冬の宮殿の憂愁であり、あるいはスペイン人の憂愁は（この見方はフェアウェルの誇張だとわたしは思うが）夏の宮殿の憂愁、熱情なのだ。そこで靴屋は、ある人々によればそうした丁重な扱いに気をよくして、また別の人々によればどこかに変調をきたしたのが原因で、ある考えを温め始め、それが芽を吹くと入念に育て、用意が整うと、ただちにそれを皇帝に直接披露することにしたが、そのためには皇室関係者、軍部筋、政界のありとあらゆる知己を利用しなければならなかった。そうしてすべてのつてを動員したところで、それが梃子となってさまざまな扉が開きはじめ、靴屋はいくつもの敷居や控えの間を通り抜け、次第に荘厳さを増して暗くなっていく広間へと進んでいったが、その暗さというのも光沢のある暗さ、絢爛たる暗さで、そこでは、第一に上質で厚みのある絨毯のおかげで、第二に上質でしなやかな靴のおかげで足音は響かなかった。そうして最後に通された部屋には、なんともありふれた肘掛け椅子に、皇帝が側近の何人かを従えて鎮座していた。側近たちは冷淡でしかも当惑したような険しい顔つきで靴屋をじろじろ見つめ、こいつは頭のねじがどこか外れてしまったんじゃないか、熱帯の虫にでも刺されたのか、どんな狂った野望が靴屋の精神に宿り、すべてのオーストリア＝ハンガリー人の君主である皇帝に願い出て謁見の機会を得たのかと自問しているかのようだった。一方の皇帝は、父が息子を迎えるような慈愛に満ちた言葉で靴屋を迎えた。リヨンのルフェーヴル社の靴はよいものだが、我が親愛なる友の靴に勝るものではない、ロンドンのダンカン&シーガル社の靴は優れているが、我が忠実な臣下の靴には劣る、名前は忘れてしまったがドイツのある小さな町（フェルトです、と靴屋が助け船を出した）のニーデルレ社の靴は履き心地抜群だが、進取の気性に富む同胞の靴には勝てない。それから二人は狩りや狩猟用の長靴、乗馬靴やさまざまな種類の皮革、婦人靴について話したのだが、ここにきて皇帝はすばやく自己検閲を行ない、諸君、諸君、いささか控えるようにと、あたかもその話題を持ち出したのが側近たちであって自分ではないかのごとくのたまった。だが、側近たちも靴屋も、そのささやかな誤ちをおどけて認め、進んで罪をかぶると、やがて謁見の核心に触れるときが訪れた。一同が紅茶かコーヒーをふたたびカップに注ぐか、自分のコニャックグラスを満たすと、靴屋の話す番になり、彼は深く息を吸ってから、その場にふさわしい感情をこめ、存在しないが想像することは可能な、つまり存在しそうな花でできた冠を撫でてでもいるかのように両手を動かしながら、君主に自分の着想がいかなるものかを説明した。その着想というのが、ヘルデンベルクあるいは〈英雄たちの丘〉のことだった。それはさる町と町の間にある、彼の知っている渓谷にある石灰質の丘で、裾野にはオークやカラマツ、高いところのごつごつした石灰質の部分には緑や黒のあらゆる種類の低木が生えているが、春ともなれば、画家の最も彩り豊かなパレットにふさわしい色彩の数々を味わうことができる。谷間から眺めれば目を楽しませてくれ、谷間を取り囲む高所から見下ろすと、あれこれ考えさせてくれるその丘は、人間のために、心の隠遁所、魂の慰め、五感の歓びとなるようにとそこに置かれた別世界の一部を思わせる。残念なことに、その丘はH伯爵というその地方の大地主が所有していたが、靴屋はすでに伯爵と話をつけ、その問題は解決済みだった。哀れな伯爵のことを知り抜いているかのように靴屋が控えめに微笑みながら語ったところによれば、伯爵が最初のうち、自分の土地の不毛な一画を売ることを渋っていたのは単に地主の頑なさゆえだったが、結局、伯爵は相当な金額を提示されたのち、売却に同意した。要するに靴屋の考えとは、その丘を買い上げて、帝国の英雄たちを称える記念碑（モニュメント）とするというものだった。それも過去の英雄たちだけでなく、現在の英雄たち、さらには未来の英雄たちにも捧げるのだ。つまり、丘は墓地ならびに博物館として機能しなければならなかった。博物館というと、どんな？ そう、英雄たちの等身大の像を建てるのだ、帝国生まれの英雄一人一人の、さらに特別な場合に限っては、外国生まれの英雄の何人かの像も。墓地としてはどうするのか？ そちらのほうがわかりやすい。丘に祖国の英雄たちを埋葬するのだ。その是非は軍人、歴史家、法学者からなる委員会が検討すべきだが、最終的な決断は常に皇帝に委ねられるだろう。そうして丘には、遺骸あるいはむしろ遺灰を探し当てるのが事実上困難な過去の英雄たちが、歴史家や伝説や小説が彼らの身体的特徴について語っているところに合わせて作られた彫像の形で、永遠に埋葬されることになる。最近の英雄あるいは未来の英雄の場合、その遺体はいわば帝国の役人の手の届くところにある。靴屋は皇帝に何を求めていたのだろう？ 第一に許可と承認、この事業を皇帝が喜ばれることであり、第二に国家による経済的援助、というのも彼ひとりではこのような壮大な事業に必要な費用のすべてを負担することはできないからだった。すなわち、靴屋は自腹を切って〈英雄たちの丘〉を購入し、墓地にふさわしく整える（周囲を柵で囲み、道路を作ってどの訪問者も隅々まで行けるようにする）、さらには彼の愛国的な記憶において最もお気に入りの過去の英雄の何人かの像を建てるほか、すでに彼の田舎の地所のひとつで働いていた三人の森林監視人たち、屈強な独身男たちを墓守や庭師として働かせたり、墓穴を掘らせたり、夜、墓を荒らす不届き者を追い払わせたりする用意があった。その他のこと、つまり彫刻家との契約、石材、大理石またはブロンズの購入、維持管理、認可と宣伝、彫像の運搬、〈英雄たちの丘〉とウィーンの幹線道路を結ぶ道路、そこで催されるはずの豪華な式典、親類縁者と随行員の送迎、小さな（あるいはそれほど小さくはない）教会の建設といった諸々のすべての費用は国が負担することになるだろう。その後、靴屋はそのような記念碑の道徳的利点について長々と説明し、古くからの価値、すべてが消失したあとに残るもの、人類の努力の黄昏と、地震、最終的な考えについて話した。そして話し終えたとき、皇帝は目に涙を浮かべながら靴屋の手を取り、耳元に口を寄せ、他の誰にも聞き取れなかった途切れ途切れだがきっぱりした言葉をささやくと、靴屋の目をじっと見つめた。それを見つめ返すのは容易なことではなかったが、いまや同じく目を潤ませた靴屋は、瞬きもせずに皇帝の目をじっと見つめ続け、すると皇帝は何度も続けざまに頷いてみせ、側近たちを見渡しながら、ブラボー、見事だ、すばらしい、と言い、それを受けて他の面々も、ブラボー、ブラボー、と繰り返した。そうして万事が決定し、喜びに満ち溢れた靴屋はもみ手をしながら宮殿をあとにした。それから数日のうちに、〈英雄たちの丘〉は早くも所有者が変わり、向こう見ずな靴屋は何の合図も待たずに号砲を鳴らし、一群の労働者を動かして最初の工事に着手させ、自ら監督にあたった。そのために一番近い村だか町の宿屋に引っ越し、居心地の悪さもなんのその、ひたすら工事に没頭したが、その身の入れようは芸術家顔負けで、困難に抗い、その地域の野原をしばしば水浸しにする雨やオーストリアまたはハンガリーの鈍色の空を西に向かって情け容赦なく過ぎていく嵐、アルプスの巨大な影によって磁気を帯びたハリケーンのような嵐をものともせず、それらが過ぎるのを、靴屋はコートから雨水を滴らせ、ズボンから雨水を滴らせて眺めていた。靴はぬかるみに浸かっていたが、水が染みてくることは決してない。その間違いなくすばらしい靴は称賛しようがない、というかそれを成し遂げられるのは真の芸術家だけだ。踊るための靴、走るための靴、泥にまみれて働くための靴、持ち主を不安にさせたり、望ましくない場所で立ち往生させたりしない靴、だが残念なことに、彼は自分の靴にほとんど注意を払わず（疲れ切った靴屋が、ときには着替えもせずに寝床に横になってシーツにくるまると、彼の助手か宿の若い使用人が、毎晩、泥を落としてからぴかぴかに磨くのだ）、強迫的な夢に身を任せ、悪夢の中を突き進む。その果てに彼を待ち受けるのは決まって、重々しく静かで、暗く気高い〈英雄たちの丘〉、例の計画だった。我々が部分的にしか知らない工事、往々にして知っていると思っているが、実際にはほとんど知らない工事、我々が心の内に抱え、感情の爆発する瞬間に、ミュケネー語みたいなわけのわからない文字が彫られいる。それらの文字は我々の歴史や我々の願望をたどたどしく語っている。それはまさに我々が喫した敗北、我々が落馬したのにそのことを知らない馬上槍試合なのだ。そして我々はその冷たい盆の真ん中に心臓を載せる、心臓を、心臓を、靴屋は寝床でわななき、うわごとを口走り、心臓という言葉、それに閃光という言葉を口にし、窒息しかけている様子なので、助手は宿の寒い部屋に入って、落ち着かせようと言葉をかけた。起きてくださいよ、旦那、ただの夢ですよ、旦那ってば、すると靴屋が目を、数秒前には盆の真ん中で自分の心臓がまだぴくぴく動いているのを見たその目を開けたので、助手が熱いミルクを一杯勧めたところ、そのお返しは中途半端な平手打ちだったが、本当のところ、靴屋は自分の悪夢を振り払おうとしたのかもしれない。それから靴屋は、誰だかわからないというように助手を見ながら、そんなくだらないものはいらないから、コニャックを一杯か蒸留酒を少し持ってこいと命じた。そうして昼夜を問わず、天気が良くても悪くても、自分の資金を湯水のごとく費やし続けた。というのも、皇帝は目に涙を浮かべ、ブラボー、すばらしい、と言ったきりそれ以上何も言わず、大臣たちも、特に熱狂的だった側近、将軍、大佐たちまで沈黙を選んだからだ。資金提供者なくして計画は前に進まないものの、確かなのは、靴屋が工事に着手してしまった以上、もはや中止するわけにはいかないということだった。それに靴屋は四六時中〈英雄たちの丘〉にいて、厳しい天候に耐えられる、彼に負けず劣らず我慢強くて強情な中型の馬に乗り、次第に数の減っていく労働者たちの働き具合を監督するか、必要とあらば手を貸していたので、ウィーンでは、不毛な交渉にあたるところ以外、もはや靴屋の姿を見かけることはほとんどなかった。最初のうち、ウィーンの王宮や優雅なサロンで、彼の名前と計画は、冗談好きの神が人々の暇つぶしにと火を点けた細い導火線のように勢いよく伝わっていったが、やがて、どんなことにでも往々にして起こるように、世間から忘れ去られてしまった。そしてついにある日、靴屋のことが話題にならなくなった。またある日、人々は彼の顔さえ忘れた。靴屋の商売のほうは、その後の歳月を経ても、どうやら繁盛していたらしい。ときおり、古くからの知り合いがウィーンの街角で靴屋を見かけることがあったが、彼はもはや誰にも挨拶せず、誰かに挨拶されても返事をすることもなく、相手を避けて歩道の反対側に渡っても、もう誰も驚きはしなかった。厳しい時代、混沌とした時代、だがわけても恐怖の時代がやってきて、そこでは厳しさと混沌が恐怖と結びついていた。作家たちはあいかわらずミューズに助けを求め続けた。皇帝が亡くなった。戦争が起こり、帝国は滅びた。音楽家たちは作曲し続け、人々はコンサートに馳せつけた。靴屋のことは、その持ちのいい見事な靴を持っていたわずかな人々がたまたま記憶していないかぎり、もう誰も覚えていなかった。だが製靴業もまた世界的な危機に巻き込まれ、経営者が何度か交代したのち、やがて消滅した。それに続く年月はさらに混沌をきわめ、厳しさを増した。殺人や迫害があとを絶たなかった。続いて新たな戦争が、あらゆる戦争の中で最もすさまじい戦争が勃発した。そしてある日、谷間にソ連の戦車が現われる。戦車部隊を指揮する大佐は自分の装甲部隊の砲塔から双眼鏡で〈英雄たちの丘〉を見た。戦車はキャタピラーをきしらせ、谷間に拡散する最後の日の光を浴びて金属のように黒光りする丘に向かって近づいていく。ロシア軍の大佐は戦車から降り、いったいあれは何だと言う。他の戦車に乗っていたロシア兵たちも降りてきて、足を伸ばしたり煙草に火を点けたりしながら、丘を取り巻く黒い鉄条網と巨大な門、そしてブロンズで鋳造され、入口の岩に嵌め込まれた、そこがヘルデンベルクであることを訪問者に示す文字を眺めた。子供のころにそこで働いたことのあるひとりの農夫が問われて、そこは墓地、世界中の英雄たちが埋葬される墓地なのだと答えた。そこで大佐とその部下は、まず古びて錆びついた三つの大きな錠をこじ開けてから門に入り、〈英雄たちの丘〉の小道を歩き始めた。英雄たちの像もなければ墓も見当たらず、目の前に広がるのは見捨てられ荒れ果てた風景ばかりだったが、丘の頂に至ってようやく、金庫に似た納骨堂が見つかった。扉は固く閉ざされていたが、一行はそれを開けにかかった。納骨堂の中に入った彼らは、儀式用の石の椅子に座った靴屋の遺骸を発見した。空っぽの眼窩は、もはや丘の麓の谷間しか眺めまいというかのようで、上下に開いた顎の骨は、不滅を垣間見たあともまだ笑っているかのようだった、とフェアウェルは言った。そのあと彼はこう続けた。わかったかね？　わかったかね？　するとわたしはふたたび、父がイタチかケナガイタチの影になって家の隅々を、それがわたしの天職の隅々であるかのように滑るように動いているのを見た。それからフェアウェルは同じ言葉を繰り返した。わかったかね？　わかったかね？　我々がコーヒーを注文している間、通りを行く人々は早く帰り着きたいという理解不能な気持ちに急き立てられて家路を急いでいて、その影が次から次へ、どんどん早回しのようになってレストランの壁に映った。フェアウェルとわたしはその流れに抗っていたが、ここはたぶん、サンティアゴの通りという通りに、サンティアゴ市民の群集心理の裡に作用していた電磁波装置にも抗ってと言うべきところだろう。その不動の様子は、わたしたちの手がコーヒーカップを取って口に運ぶ仕草によってもほとんど乱れず、そうする間にも我々の目は、いかにもチリ人らしく、事態を目の当たりにしたくないというように上の空を装いながら、レストランの壁に黒い稲妻みたいに現われたり消えたりする影絵芝居をじっと観察していた。その気晴らしはまるで我が師を催眠術にかけたようで、わたしは目眩がして目が痛くなった。それはあとになって目からこめかみへ、そして頭のてっぺんへ、さらには頭蓋全体へと広がっていく痛みで、そんなときわたしは祈ったり鎮痛剤を飲んだりして痛みを和らげたものだが、こうしてすぐにも穏やかに飛び立とうとするかのようにやっとの思いで片肘をついている今、思い返してみると、そのときの痛みは目の痛みだけで、簡単に抑えられる類のものだった。というのも、目をつぶりさえすれば問題は解決するからで、そうすることは可能だったし、そうすべきだったのだろうが、わたしはそうしなかった。なぜなら、フェアウェルの表情、その不動のさまが、そのときになってわずかな目の動きによって崩れたからで、わたしにはその動きが無限の恐怖、あるいは無限に向けて発射された恐怖を暗に意味しているように思えたからだ。それは一方で恐怖の行方でもあり、上昇し、上昇し、決して止まることがない、そこから我々の苦しみが生まれ、そこから我々の悲しみが生まれ、そこからダンテの作品のいくつかの解釈が生まれる。その恐怖は芋虫みたいに細長く無防備だが、上に向かってどんどん登り、アインシュタインのある方程式のように拡大していくこともできる。フェアウェルの表情は、先ほどわたしの言ったように、徐々にその恐怖の色合いを帯びていったが、我々のテーブルのそばを通り過ぎた人が彼を見ても、きわめて内省的な様子の立派な紳士にしか見えなかっただろう。そのときフェアウェルが口を開き、わたしはまた、わかるかね？　と訊かれるのだろうと思っていたところ、彼はこう言った。パブロはノーベル賞を取るだろう。そう言ったときの彼は、まるで焼け野原の只中ですすり泣いているようだった。そしてこう言った。ラテンアメリカは変わるだろう。続けてこう言った。チリは変わるだろう。それから顎の骨が外れてもなおこう言った。私がそれを見ることはないだろう。そこでわたしは言った。見られますよ、フェアウェルさん、あなたは何もかも見るでしょう。そのときわたしは、自分が天や永遠の命について話しているのではなく、最初の予言を行なっていること、そしてもしフェアウェルの予想が的中すれば、彼はそのすべてを見ることになることを悟った。するとフェアウェルは言った。ウィーンの男の話に私は哀しくなったよ、ウルティア。そこでわたしは言った。あなたはこの先何年も長生きしますよ、フェアウェルさん。するとフェアウェルが言った。命が何の役に立つ？　書物が何の役に立つ？　単なる影でしかない。そこでわたしはこう応じた。あなたがずっと見ていたあの影のように？　するとフェアウェルが答えた。そのとおり。わたしは言った。この主題についてはプラトンがとても興味深い本を書いていますよ。するとフェアウェルが言った。バカなことを言わないでくれ。そこでわたしは言った。あの影たちはあなたに何と言ったのですか？　教えてください、フェアウェルさん。するとフェアウェルが言った。読みの多様性について話してくれた。そこでわたしは言った。それは多様でも、とてもお粗末で凡庸です。するとフェアウェルがこう応じた。何のことを言っているのかわからない。そこでわたしは言った。盲人のことですよ、フェアウェルさん、盲人のつまずき、虚しい小競り合い、ぶつかったりよろめいたり、ふらついたり転んだり、全身が衰弱してしまうことについてです。フェアウェルはこう応じた。何の話かわからない、どうしたのかね、君がそんなふうになるのは見たことがないぞ。そこでわたしは言った。そう言っていただけて嬉しいです。するとフェアウェルは言った。もはや自分でも何を言っているのかわからない、話したい、言いたいと思っても、出てくるのは泡ばかりだ。そこでわたしは訊いた。影絵に何か確かなものが見つかりましたか？　歴史の混沌とした渦とか、気の狂った楕円とか、はっきりした光景が見えましたか？　するとフェアウェルが答えた。田舎の風景が見えたよ。そこでわたしは訊いた。農民たちが祈りを上げて立ち去る、戻ってくる、祈りを上げて立ち去るといった具合ですか？　するとフェアウェルが言った。娼婦たちが一瞬立ち止まって何か大事なものを眺め、それから隕石みたいに去っていくのが見えた。そこでわたしは訊いた。チリに関係のあるものが何か見えましたか？　祖国の進む道とか？　するとフェアウェルは言った。ここの食事で具合が悪くなったよ。そこでわたしは訊いた。影絵の中には我々の宮廷詩撰集がありますか？　誰かの名前を読み取れますか？　誰かの横顔が認められますか？　するとフェアウェルは言った。ネルーダと私の横顔が見えた。しかし、実は私の思い違いで、それは一本の木にすぎなかった。私が見たのは一本の木、枯葉がつくる怪物的な複数のシルエット、干上がった海のような、ひとつのスケッチが二つの横顔を表わしているのだが、実際には天使の剣か巨人の大槌で二つに裂かれた、屋外にある墳墓なのだ。そこでわたしは訊いた。他には？　するとフェアウェルが答えた。やってきては去っていく娼婦たち、涙の川。そこでわたしは言った。もっと詳しくお願いします。するとフェアウェルが言った。ここの食事で具合が悪くなったよ。そこでわたしはこう言った。不思議ですね、僕はなんともありませんよ、ただ影が見えるだけです、電気の影、まるで時間が速度を増したみたいな。するとフェアウェルが言った。書物に慰めはない。そこでわたしは言った。僕にははっきりと未来が見えます。その未来であなたは長生きして、皆に愛され、尊敬されている。するとフェアウェルが訊いた。ジョンソン博士みたいに？　そこでわたしは答えた。まさにそう、大当たりです、ものの見事に。するとフェアウェルが言った。神に見捨てられた土地のジョンソン博士のように。そこでわたしは言った。神は遍在しています、まさかと思うような場所にさえもおられるのです。するとフェアウェルはこう応じた。腹の具合がこんなに悪くなくて、こんなに酔ってなければ、今すぐ告解するところだよ。そこでわたしは言った。それは僕にとって光栄なことです。するとフェアウェルが言った。でなけりゃ君をトイレに引きずり込んで、一発思い切りぶちこんでやるかだ。そこでわたしは言った。今話しているのはあなたじゃありません、ワインですよ、あの影たちがあなたを不安にさせているんです。するとフェアウェルが言った。恥ずかしがらなくてもいい、我々チリの男たちは皆おかまなんだ。そこでわたしは応じた。男は皆おかまですよ、誰もが心の台輪にその要素を持っています。我々哀れなチリ人ばかりじゃありません。そして我々の義務のひとつは、それに抗い、それに打ち勝ち、打ち負かすことなのです。するとフェアウェルが言った。君は尺八吹きみたいな喋り方をするな。そこでわたしは言った。そんなことは一度もしたためしはありません。するとフェアウェルが言った。ここだけの話だが、神学校でも？　そこでわたしは言った。勉強しては祈り、祈っては勉強していました。するとフェアウェルが言った。ここだけの話だよ、ここだけの。そこでわたしは言った。アウグスティヌスを読んだり、トマス・アクィナスを読んだり、ありとあらゆる教皇の生涯について学びました。するとフェアウェルが訊いた。そういう聖人の生涯について今でも覚えているかね？　そこでわたしは答えた。心に焼きつけてあります。するとフェアウェルが訊いた。なら、ピウス二世とは何者かね？　そこでわたしは答えた。ピウス二世はその名をエネーア・シルヴィオ・ピッコローミニと言い、シエナ郊外に生まれ、一四五八年から一四六四年までカトリック教会の頂点に君臨しました。バーゼル公会議のときには枢機卿ドメニコ・カプラニカの秘書を務め、その後、対立教皇フェリックス五世に仕え、続いて皇帝フリードリヒ三世に仕え、その後桂冠詩人となります。つまり詩を書いたのです。ウィーン大学で古典時代の詩人について講演を行ない、一四四四年にはボッカチオ風の小説『エウリュアロスとルクレチア』を刊行し、前述の作品を発表してからちょうど一年後に司祭に任ぜられ、ここで彼の人生は変化を迎えます。告解し、過去の過ちを認め、一四四九年にシエナの司教、一四五六年には他ならぬ新たな十字軍遠征を企図して枢機卿となり、一四五八年に教書「ピウスの勅令」を出し、その中で無関心な君主らに呼びかけてマントヴァ市に招集しようと努めますが、失敗します。その後合意に達し、三年にわたる十字軍遠征に着手するものの、教皇の言葉に耳を傾ける者はなく、ついに彼は自ら指揮を執り、通告を行なったところ、ヴェネツィアがハンガリーと同盟を結び、スカンデルベグがトルコ人を攻撃し、そしてシュテファン三世は〈キリストの戦士〉という称号を得て、ヨーロッパ中から何千という人々がローマに馳せつけます。耳を貸さず無関心を決め込んだのは君主たちだけで、その後、教皇はアッシジ、続いてアンコーナを歴訪しますが、ヴェネツィア艦隊の到着が遅れ、軍艦がようやく現われたときには教皇は臨終を迎えていました。「今日まで余に欠けていたのは艦隊だったが、今度は艦隊が余を欠くことになろう」と言ったあと、教皇は世を去りました。そして教皇の死とともに十字軍も消滅したのです。するとフェアウェルが言った。作家はいつだってクソッたれだ。そこでわたしは言った。教皇はピントゥリッキオを庇護しましたよ。するとフェアウェルが言った。私はピントゥリッキオが誰かも知らないが。そこでわたしは言った。画家です。するとフェアウェルが言った。それくらいは察しがついた。だが何者なんだ？　そこでわたしは言った。シエナ大聖堂のフレスコ画を描いた画家です。するとフェアウェルが訊いた。君はイタリアに行ったことがあるのかね？　そこでわたしは答えた。ええ。するとフェアウェルが言った。何もかもが沈んでいき、すべては時に飲み込まれる、だが最初に飲み込まれるのはチリ人だ。そこでわたしは言った。ええ。するとフェアウェルが訊いた。他の教皇の話も知っているかね？　わたしは答えた。すべての教皇の話を知っています。するとフェアウェルが訊いた。ハドリアヌス二世のことも？　そこでわたしは答えた。八六七年から八七二年まで教皇の座にありました。彼については面白い話があります。ロタール二世がイタリアを訪れたとき、教皇は王に、前の教皇ニコラウス一世に破門されたワルトラーダとまた関係を持ったのかと尋ねました。するとロタール二世は、謁見の場であるモンテ・カッシーノの祭壇まで震えながら進み出たのですが、祭壇の前で待ち受けていた教皇のほうは震えてはいませんでした。するとフェアウェルが言った。何らかの恐怖は感じていただろう。そこでわたしは答えた。ええ。するとフェアウェルが訊いた。ではランド教皇のことは？　そこでわたしは答えた。その教皇についてはほとんど知られていません。わかっているのは、在位したのが九一三年から九一四年までで、ラヴェンナ司教にテオドラのお気に入りを指名し、彼の死後、この司教が教皇の座に就いたことくらいです。するとフェアウェルが言った。ずいぶん変わった名前だな。そこでわたしは言った。ええ。するとフェアウェルが言った。ほら、影絵が消えたよ。そこでわたしは言った。たしかに消えましたね。するとフェアウェルが言った。おかしいな、何があったんだろう？　そこでわたしは言った。たぶん僕たちには決してわからないでしょう。するとフェアウェルが言った。もはや影はない、速度もない。写真のネガの中にいるという感じもしなくなった。あれは私たちの夢だったのか？　そこでわたしは言った。たぶん僕たちには決してわからないでしょう。するとフェアウェルは食事の勘定を済ませ、わたしは彼の家の前まで一緒に行ったが、すべてが沈没しかけていたので、中に入るのは遠慮した。それからわたしはサンティアゴの通りを、アレクサンドロス大王やウルバヌス四世、ボニファティウス八世のことを考えながら歩いた。その間、そよ風が顔を撫で、わたしの目をすっかり覚まさせようとしていたが、完全に目覚めることはできなかった。というのも、頭の奥深くで教皇たちの声があたかも遠くにいる鳥の群れの甲高い声のように聞こえていたからで、それはわたしの意識の一部がまだ夢を見ているか、夢の迷宮からまだ出たくないことの紛れもない証だった。その練兵場にはあの老いた若者が隠れ、当時は生きていた今は亡き詩人たちが隠れていて、その詩人たちは確実に迫った忘却の淵から、わたしの頭蓋のまるい内部に、自分たちの名前、黒い厚紙を切り抜いて作ったシルエット、解体された作品を納めるみすぼらしい納骨堂を建てていたが、老いた若者は違った。彼はそのころ、雨の多い辺境の、チリで最も水量の多い恐るべきビオビオ川の流れる南部の少年にすぎなかったのだが、今、わたしはときおり彼をチリの詩人群と混同してしまう。彼らの作品は、わたしが夜のサンティアゴを歩き、フェアウェルの家から遠ざかりつつあったときでさえも、容赦のない時間に解体されつつあり、今、わたしが片肘をついて身を起こそうとする間にも解体され続け、そしてわたしがここにいなくなったとき、つまりわたしがもはや存在せず、あるいはわたしの名声しか存在しなくなったときに解体されてしまうだろう。黄昏に似たわたしの名声、他の人々の名声が鯨か禿げ山か、船かたなびく煙か、あるいは迷路のような都市に似ているのと同様に、黄昏のようなわたしの名声は、ほとんど瞼の開かない目で、時間のかすかな痙攣と、その解体の様子を眺めるだろう。時間は憶測好きなそよ風のように練兵場を動き回り、その渦の中で、わたしが書評を書いた本の書き手たち、わたしが批評を書いた作家たち、わたしの名を呼んだチリとラテンアメリカの溺死にあえぐ人々は、デルヴィルの絵の人物のように溺れ死んでいく。イバカチェ神父さま、イバカチェ神父さま、フェアウェルの家から踊り手のような足取りで去っていくとき、どうか私たちのことを思ってください、あなたの足の向くままサンティアゴの無情な夜に入り込むとき、どうか私たちのことを思ってください、イバカチェ神父さま、イバカチェ神父さま、あなたが時間の幻影のひだの中に入り込むとき、私たちの野心と願望、私たちも人であり市民、同胞であり作家であるという何も聞かされない状況を考えてください。その時間を私たちは三次元でしか感じ取ることができませんが、実際には四次元か、ことによると五次元まであるかもしれないのです。ソルデッロの影の城門のように。どのソルデッロかですって？　太陽そのものにさえ破壊できないソルデッロですよ。たわごとだ。それはわかっている。愚かだ。くだらない。でたらめだ。ナンセンス。求められもしないのに（大挙して）飛んでいく調子者たちがいる一方で、自らの運命の夜に深く入り込む者もいる。わたしの運命。わたしのソルデッロ。輝かしいキャリアの始まり。だが何かもが容易だったわけではない。そのうち、祈ることさえ億劫になった。そこで批評を書いた。詩を書いた。詩人たちを発見した。彼らを称賛した。難破者の悪魔祓い。わたしはおそらくチリで最もリベラルなオプス・デイのメンバーだった。今、老いた若者が黄色い街角からこちらをじっと見つめながら、わたしに向かって大声を上げる。わたしは彼の発する言葉のいくつかを聞き取る。わたしがオプス・デイだと言っている。そのことを隠したことは一度もないぞ、と彼に向かって言い返す。だが、わたしの言うことなど聞いていないにちがいない。彼の顎骨と唇が動くのが見え、わたしに向かって叫んでいるのがわかるが、彼の言葉は聞き取れない。彼には、わたしが熱のせいで船みたいに蛇行するベッドの上で片肘をついて何かつぶやくのが見えているが、彼にもわたしの言葉が聞き取れない。できることなら彼に、これではどうしようもないと言ってやりたい。チリ共産党の詩人たちですら、わたしに自分たちの詩について好意的なことを書いてもらいたくて仕方がなかったと言ってやりたい。そして、わたしは彼らの詩について好意的なことを書いたのだ。互いに見苦しいことはやめよう、とわたしはつぶやく。だが彼にわたしの言うことは聞こえない。ときおり彼の何らかの言葉がはっきり耳に届く。侮辱以外の何物でもない。おかまだと？　オプス・デイ野郎だと？　おかまのオプス・デイ野郎だと？　そのあとわたしのベッドは一回転し、もう彼の声は聞こえなくなった。何も聞こえないのは実にありがたい。この時、老いさらばえた骨をつかずに済むのは実にありがたい。そしてベッドに長々と横たわり、身体を休め、灰色の空を見やり、ベッドが聖人たちの舵取りで進むのに任せ、瞼を半ば閉じ、記憶を消して、ひたすら脈動に耳を傾けるのだ。だがそのときわたしの口が言葉を発し、わたしはなおも喋り続ける。わたしは自分がオプス・ディイに属しているのを隠したことは一度もないぞ、若造め、とわたしは老いた若者に向かって言うが、彼の姿はもう見えず、わたしの背後にいるのか、横にいるのか、それとも川の畔に生い茂るマングローブの林の中に消え失せてしまったのか知る由もない。わたしは一度たりともその事実を隠したことはない。その事実なら誰もが知っていた。チリ中の人間が知っていた。知らなかったのは、ときに実際以上に愚かに見えるお前さんぐらいなものだ。沈黙。老いた若者は答えない。遠くで、サルらしき動物の群れがひどく興奮したように一斉に喋り始めたかのような物音が聞こえる。そこでわたしは毛布の下から片手を出して川面に触れ、手をオール代わりにして水を掻き、苦労してベッドの向きを変える。四本の指をインディオの団扇のように動かし、ベッドが回転したときに見えたのは、密林と川とその支流と空だけで、空はもう灰色ではなく明るい青に変わり、はるか彼方にはちっぽけな雲が二つ、風に運ばれた子供のように流れている。サルどものお喋りはもう聞こえなくなっていた。実にほっとする。何という静けさ。何という穏やかさ。他の青空を思い出すのに、西から東へ風に流されて飛んでいく他の小さな雲を思い出すのにうってつけの穏やかさだ。そしてわたしの心に生じた倦怠感。黄色い通りと青い空。そして中心街に近づくにつれ、通りからはあの不快な黄色が消えていき、次第に歩道を備え整然とした灰色の街並みに変わっていったが、その灰色の下はちょっと引っ掻けば黄色だということをわたしは知っていた。そう思うとわたしは落胆しただけでなく、うんざりした。あるいはもしかすると落胆が倦怠に変わっていったのかもしれない。誰が知るか。確かに、かつては黄色い街並みと明るい青空、そして深い倦怠の時代があったのだ。そのころ、わたしの詩人としての活動は終わったというかむしろ、わたしの詩人としての活動は危険な変化にさらされていた。なぜなら、いわゆる「書く」ということならわたしは書き続けていたが、生まれるのは悪口雑言に満ちた詩ばかりで、幸いだったのは、夜が明けたとたんそれを誰にも見せずに破棄してしまう良心を持ち合わせていたことだった（とはいえ、当時多くの連中は、そんな光栄にあずかったなら名誉に感じたことだろうが）。それらの詩の究極の意味、あるいはわたしがそれらのうちに究極の意味として見出したと思ったものはわたしを一日中困惑させ、動揺させたものだった。そしてこの困惑と動揺の状態は、倦怠と落胆の状態と共存していた。倦怠と落胆は大きかった。困惑と動揺のほうは小さく、倦怠と落胆という全般的な状態のある一角に組み込まれて生息していた。傷の中の傷のように。そのころ、わたしは授業をするのをやめた。ミサを上げるのもやめた。毎朝新聞を読んで修道士たちとニュースを話題にするのもやめた。書評をわかりやすく書くのもやめた（ただし、書評を書くのはやめなかった）。わたしに近づいてきて、いったいどうしたのかと訊く詩人たちもいた。わたしに近づいてきて、何があなたの心を乱しているのかと訊く司祭たちもいた。わたしは告解し、祈りを捧げた。だが不眠は隠そうとしても顔に表われてしまった。実際そのころはほとんど眠れなくて、ときに三時間、ときに二時間という具合だった。朝になると、司祭館から荒れた牧場に、牧場からスラム街に、スラム街からサンティアゴの中心街へと歩いた。ある日の午後、二人のごろつきに襲われた。お金は持っていませんよ、我が息子たち、とわたしは彼らに言った。持ってるはずだ、このクソ坊主、と盗賊たちは言った。結局わたしは財布を渡し、彼らのために短くはあったが祈りを捧げた。猛烈な倦怠を感じた。落胆はそれ以上だった。しかし、その日以来、わたしは歩いて回るコースを変えた。より危険の少ない地区を選び、アンデス山脈の威容を望める地区を選んだ。この都市ではまだ、どんな季節でも、大気汚染のマントに覆い隠されることなくアンデスを望めたころのことだ。わたしは歩き回り、歩き回り、ときにはバスに乗って顔を窓ガラスにつけて見回りを続け、ときにはタクシーに乗って、わたしの倦怠のもとであるあの忌まわしき黄色と忌まわしき明るい青の間を、中心街から司祭館まで、司祭館からラス・コンデス地区まで、ラス・コンデス地区からプロビデンシア地区まで、プロビデンシア地区からイタリア広場やフォレスタル公園まで移動し、そして中心街に戻り、司祭館に戻った。風にはためく司祭服、わたしの影のような司祭服、わたしの黒い旗、わたしの軽く糊の効いた音楽、清潔な黒い服、チリの罪悪が沈み、二度とふたたび出てくることのない井戸。だが、どんなに飛び回ろうと無駄だった。倦怠は一向に治まらず、それどころか、真昼時に耐えがたくなることもあり、頭の中は馬鹿げた考えでいっぱいだった。ときどき、寒さに震えながらソーダファウンテンに行き、清涼飲料（ビルズ）を注文した。高いスツールに腰掛け、首を刎ねられた羊の目で、瓶の表面を伝って落ちる水滴を眺めているると、わたしの内側から嫌悪の声が、ありそうもないことが起こるから見ているように と言い、水滴がひとつ、自然界の法則に逆らって、表面を伝って瓶の口まで上るだろうと予言した。わたしは目を閉じ、祈りを唱えたというか祈りを唱えようとしたが、わたしの身体は悪寒に震え出した。外では子供や若者たちが、夏の日差しに駆り立てられてアルマス広場を端から端へと走り回り、四方八方から聞こえてくる押し殺した笑いがわたしの敗北を的確に評していた。それからわたしは冷えたビルズを何口か飲んで、また歩き出した。オディム氏を知り、その後オイド氏を知ったのはそのころだった。二人は、ある外国人（わたしは一度も会う機会がなかった）に雇われて貿易会社を経営していた。そこはマテ貝を缶詰にして、フランスとドイツに輸出していたと思う。わたしがオディム氏と出会ったのは（あるいはオディム氏がわたしと出会ったのは）ある黄色い通りでのことだった。わたしが寒さに凍え死にそうになりながら歩いていたとき、誰かがわたしを呼ぶ声が聞こえた。振り返ると、彼の姿が目に入った。中肉中背の中年の男性、ヨーロッパ系よりも先住民の特徴がかろうじて勝っているというごくありふれた顔つきをした男が、明るい色の三つ揃いに身を包み、えらく洒落た帽子を被って、黄色い通りの真ん中で、それほど遠くないところからわたしに合図を送っていて、その背後では地面がガラス板かプラスチック板を何枚も重ねたように反射してきらめいていた。わたしは一度も会った覚えがなかったが、向こうは昔からわたしを知っているらしかった。オディム氏が言うには、ガルシア＝エラスリス神父とムニョス＝ラギーア神父からわたしの話を聞いていたそうだ。

その二人にわたしは大いに敬意を抱いていたばかりか世話になってもいた。オディム氏によれば、この賢人たちは、ヨーロッパでのある難しい任務にわたしのことを熱心に薦めてくれたという。二人は、旧大陸を長期にわたって旅することは、わたしが失っていた、そして目に見えて失いつつあった喜びや活力を多少なりとも取り戻すのにうってつけだと考えたにちがいない。そうした喪失は、決して癒えようとしない傷のようなもので、長引けばそれを抱える者に死を、少なくとも精神的な死をもたらすことになるからだ。オディム氏とわたしの利害関係はまったくと言っていいほど異なっていたので、わたしは最初とまどい、気が進まないふりをしたが、結局彼の車に乗り込むことにした。連れていかれた先はバンデラス通りのレストラン、〈私のオフィス〉といううらぶれた店で、そこでオディム氏は、わたしを探しに来た本当の動機はおくびにも出さず、もっぱらわたしが知っている人々の話をし、その中にはフェアウェルや、当時わたしと付き合いのあったチリの新しい詩の書き手たちもいた。オディム氏がそんな話をしたのも、わたしの世界のもっと多様な側面に通じているとわたしにわからせるためで、教会の同僚だけでなく、政治志向や仕事上のつながりについても承知しているようだった。というのも、わたしがコラムを寄稿していた新聞の編集長の名前を挙げたからだ。とはいえ、彼らを表面的にしか知らないらしいことも明らかだった。その後、オディム氏は〈私のオフィス〉の店主と言葉を交わし、すぐに我々は慌ただしく店を出たが、なぜそうする理由があったかはよくわからなかった。我々は腕を組んで近くの通りを歩き、もう一軒のレストランに行った。こちらははるかに狭かったが、前の店ほど陰気臭くはなかった。ここでオディム氏はまるで店のオーナーであるかのように迎えられ、それほどの暑さではあまり大量にいろんなものを食べるのは好ましくないということも気にせず、我々は満腹するまでいやというほど食べた。コーヒーは〈ハイチ〉で飲むとオディム氏は言い張った。そこはサンティアゴの繁華街で働くありとあらゆるろくでもない連中、副支配人、副代表、副官僚、副社長などが集まる汚らしい店で、しかも、カウンターに肘をついたり店中に散らばって立ち飲みするのが粋だと見なされていた。店はだだっ広く、わたしの記憶では、天井からほとんど床に届きそうなほど巨大なガラス窓が両側にあるため、片手にコーヒーカップを、もう片方の手に書類入れや手提げ鞄を持って店内に立っている者たちは、中にちらりとでも目をやらずに店の前を通り過ぎることが人情としてできない通行人たちの見世物になっていて、店内でひしめき合う人の塊は、伝説的な不愉快さを味わっていた。そしてわたしはこの汚らしい巣窟に引っ張っていかれたのだ。すでにいくらか名の通った人物であり、実際に二つの名前があり、名声もあり、敵も何人かいれば、多くの友人もいたこのわたしが。わたしは文句を言って断りたかったが、オディム氏は自分が望むときに相手を説得して従わせる術を知っていた。わたしは気乗りしないまま、〈ハイチ〉の片隅で、大窓から目を離せずに、人の噂ではサンティアゴ一だという湯気の立つコーヒーを二つ手にしてわたしの接待役がカウンターから戻ってくるのを待ちながら、前述の紳士がわたしに提供しようとしている仕事がどんなものかと考え始めた。その後オディム氏が戻ってきて、わたしたちは立ったままコーヒーを飲み始めた。彼が話したのを覚えている。彼は話し、微笑んだが、副秘書たちの声が〈ハイチ〉の店中に轟き、それ以上他の声が割り込む余地がなかったので、わたしには何を言っているのか聞き取れなかった。その気になれば前屈みになって、教区の信者たちにやるように対話の相手の口元に耳を寄せることもできただろうが、それはやめておいた。わたしは話がわかっているふりをして、椅子のない店内をあちこち見回した。わたしを見返す者が何人かいた。その表情から、計り知れない苦痛を抱えていることが読み取れる者もいた。豚だって苦しむ、とわたしは心の中でつぶやいた。たちまちそう考えたことを後悔した。豚も確かに苦しむ、だがその苦しみは豚に威厳を与え、浄化するのだ。わたしの頭の中で、あるいはおそらく信仰心の内で、明かりが点った。豚もまた主の栄光を称える賛歌のひとつなのだ。賛歌というのが大げさだとすれば、鼻歌、叙情詩、生きとし生けるものを寿ぐ短い詩。わたしは誰かの会話を聞き取ろうとした。無理だった。聞こえたのはせいぜい切れ切れの言葉、チリ人の口調、何の意味もないがそれ自体にこの国の人間の凡庸さと計り知れない絶望を含む言葉だけだった。それからオディム氏はわたしの腕をつかみ、わたしは気がつけばふたたび外にいて、彼と並んで歩いていた。相棒のオイド氏を紹介しましょう、と彼は言った。わたしは耳鳴りがした。その名は初めて聞く気がした。我々はある黄色い通りを歩いていた。人通りは多くなかったが、ときおりサングラスをかけた男や頭にスカーフを巻いた女の姿が玄関に消えていった。貿易会社のオフィスは四階にあった。エレベーターは動かなかった。少しばかり運動するのも悪くないですね、腹ごなしになります、とオディム氏は言った。わたしはあとに続いた。受付には誰もいなかった。秘書は昼食に出かけたんです、とオディム氏が言った。わたしが息を切らして無言で立っていると、わたしのパトロンは中指の関節で同僚のオフィスの磨りガラスを軽くノックした。すると甲高い声が、どうぞ、と言った。入りましょう、とオディム氏がわたしに言った。オイド氏は金属製のデスクの向こうに座っていて、わたしの名前を耳にすると立ち上がり、デスクをぐるりと回ってこちらに来て、わたしに熱っぽく挨拶した。オイド氏は細身で金髪、肌は青白かったが、頬は定期的にラベンダー水でマッサージでもしているかのように赤みがかっていた。とはいえラベンダーの香りはしなかった。オイド氏は我々に座るように勧め、わたしを上から下まで眺めまわすと、またデスクの向こうの自分の席に戻った。私の名前はオイドです、オイードではなくオーイド、とそのとき彼は言った。わかりました、とわたしは答えた。あなたはウルティア＝ラクロワ神父ですね。そのとおりです、とわたしは答えた。私の隣におられる、とオディム氏が微笑み、無言で頷いた。ウルティアというのはバスク系の姓じゃありませんか？　まさしくそうです、とわたしは答えた。ラクロワはもちろんフランス系ですね。オディム氏とわたしは揃って頷いた。オイドという姓がどこに由来するかご存知かな？　まったく見当もつきません、とわたしは答えた。どこか国をひとつ挙げてみてください、と彼が言った。アルバニアですか？　いやいや、とオイド氏が言った。さっぱりです、とわたしは言った。フィンランド系です、とオイド氏は言った。半分はフィンランド、半分はリトアニア。確かに、とオディム氏が言った。もはやはるか昔のことだが、リトアニア人とフィンランド人は盛んに交易を行なっていた。彼らにとって、バルト海は橋か川、小川のようなもので、その小川には無数の黒い橋が架かっていた、ちょっと想像してみてください。想像しています、とわたしは言った。オイド氏は微笑んだ。想像していますか？　はい、想像しています。黒い橋、そう、まさに、とオディム氏が隣でつぶやいた。小さなフィンランド人と小さなリトアニア人がそこをひっきりなしに渡っているだけ、とオイド氏が言った。昼も夜も。月の光か、松明のささやかな明かりに照らされて。何も見ず、記憶が頼りです。その緯度では身を切るような寒さも感じず、感覚がなくなり、ただ生きて動いているだけ。いや、生きている感覚すらなくて、バルト海をどちらかの方向に渡るというお決まりの仕事をこなしているだけ。当然のことですね。当然のこと？　わたしはもう一度頷いた。オディム氏は煙草の箱を取り出した。オイド氏は、自分は十年前にきっぱり喫煙をやめたのだと説明した。わたしはオディム氏が差し出した煙草を断った。彼らがわたしに提供しようとしている仕事にどんなことが含まれているのかと尋ねた。仕事というより奨学金です、とオイド氏は答えた。我々は輸出入業を手がけていますが、別の業務も扱っているんです、とオディム氏が言った。具体的には、我々は目下、大司教区の研究所のために働いている。そこはある問題を抱えていて、我々はその問題を解決するのにふさわしい人物を探している、とオイド氏が言った。先方は研究を行なえる人間を必要としていて、我々はうってつけの人物を得たというわけです。私たちは要望に応え、解決策を検討しました。すると僕はうってつけの人物なのですか？　とわたしは尋ねた。あなたほど多くの要件を満たす人はいませんよ、神父、とオイド氏は答えた。どんな仕事なのか説明していただけませんか、とわたしは二人に言った。オディム氏は怪訝そうにわたしを見た。反論される前に、申し出の内容を今度はオイド氏の口から聞きたいと言った。オイド氏はもったいぶらなかった。大司教区の研究所が教会の保存に関する研究をしてくれる人間を必要としていた。チリではこの問題について誰も何も知らなかったので、見つかる可能性が低かった。逆にヨーロッパでは調査研究がかなり進んでいて、場合によっては神の家の老朽化に歯止めをかける最終的な解決策がすでに話題になっていた。わたしの仕事というのは、老朽化対策において先端を行く教会を訪れ、さまざまな方法を比較検討し、報告書を書いて帰国することだった。期間は？　一年かけてヨーロッパ諸国を巡ることもありうる。一年経って仕事が終わらない場合、期限は一年半まで延長可能。給与は毎月全額支給されるが、ヨーロッパで直面せざるをえない余分な出費に応じて、手当が上乗せされる。宿はホテルか旧大陸のいたるところにある教区の宿泊施設が使える。もちろん、その仕事はわたしのために特別に考案されたもののように思えた。わたしは承知した。続く数日はオイド氏とオディム氏に頻繁に会い、二人はわたしのヨーロッパ滞在に必要な書類の作成を引き受けてくれた。だからと言って、彼らとの絆が深まったというわけではない。二人が有能であることはすぐわかったものの、繊細さに欠けていた。文学についてはまったく無知だったが、ネルーダの初期の詩二篇だけは例外で、二人はそれをそらで覚えていて、よく暗誦していた。それはそれとして、彼らはわたしには解決不能に思えた事務的問題を解決する術を知っていて、わたしが新たな目的地に向かう道をならしてくれた。出発の日が近づくにつれ、わたしはだんだん落ち着かなくなってきた。時間を作って友人たちに別れを告げたが、彼らはわたしのあまりの幸運を信じてくれなかった。新聞社と契約を結び、書評と文学関連のコラムを滞在中ずっと送り続けることになった。ある朝、高齢の母に別れを告げてバルパライソ行きの列車に乗り、そこからイタリア国旗を掲げてジェノヴァ―バルパライソ間を往復するドニゼッティ号に乗船した。船の旅はのんびりしていて、わたしは元気を取り戻し、船上で得た交遊関係には、クリスマスカードを忘れずに贈るといったおよそ味気なく形ばかりの関係であっても、今日まで続いているものもある。船はアリカに寄港し、わたしはデッキから我々の英雄的な岬の写真を撮った。船はさらにカヤオ、グアヤキル(赤道を越えるとき、わたしは乗客全員のためにミサを上げるという喜びを味わった)、ブエナベントゥーラに寄り、この港に停泊していた夜、わたしは星空の下、コロンビア文学へのささやかな敬意の印にホセ・アスンシオン・シルバの『夜想曲』を朗読したところ、喝采を浴び、イタリア人将校たちさえも、スペイン語を完全には理解していなかったにもかかわらず、自ら命を断った詩人の言葉の深い音楽性を味わったようだった。それからアメリカ大陸の腰に相当するパナマ、そして二分された都市クリストバルとコロン(後者では何人かの汚らしい子供たちから物を取られそうになったが、事なきを得た)、勤勉で石油臭いマラカイボに寄り、その後、船は大西洋を横断し、洋上では人々の求めに応じて乗客全員のためにもう一度ミサを上げ（嵐が三日間続いて海が時化たため、告解を望む者が続出した）、その後、船がリスボンに寄ったところでわたしは船を下り、港で最初に見つけた教会で祈りを捧げた。その後、ドニゼッティ号はマラガとバルセロナに寄港し、そしてある冬の日の朝、ついにジェノヴァに到着し、その地でわたしは新たにできた友人たちに別れを告げ、彼らの中の何人かのために、船の読書室でミサを上げた。その部屋は床にオーク材、壁にはチーク材が張られ、天井からは大きなクリスタルのシャンデリアが下がっていて、旅の間、わたしはそこの柔らかい肘掛け椅子に座って読書に耽り、長々と至福の時を過ごしたのだった。読んだ本はギリシア古典やラテン文学からチリの現代作家にまで及び、わたしはついに読書の喜びを取り戻し、勘もすっかり戻った。その間にも船は波を切って、海の黄昏、大西洋の底知れぬ闇の中を進み、わたしは高級木材を使った部屋に心地よく座り、潮の香と強いリキュール、書物の匂いと孤独を味わいつつ本を読んでいた。こうしてわたしの幸福な一日は、ドニゼッティ号のデッキを歩き回ろうとする者がひとりもいなくなる時間まで続き、仮に罪深い人影があっても、わたしの邪魔をしないように、わたしの読書の妨げにならないように細心の注意を払うのだった。わたしにとって読書は幸福、幸福そのものであり、ふたたび取り戻した喜び、祈りの真の意味であり、わたしの祈りは上昇していき、雲を突き抜け、するとそこには音楽だけがある（それを天使のコーラスと我々は呼ぶ）。人のいない空間だが、疑いなく我々の住める唯一の空間であり、実際には住めないとしても、とにかく住むに値する唯一の空間であり、そこでのみ我々は今の自分であることをやめ、真の自分となることができるのだ。その後、わたしは陸地を、イタリアの地を踏み、ドニゼッティ号に別れを告げると、立派な仕事をする覚悟でヨーロッパの道へと足を踏み出した。心は軽く、自信と決意と信仰心に満ち溢れていた。最初に訪れた教会は、ピストイアにある永遠の苦しみの聖母マリア教会だった。年寄りの教区司祭に会うのだろうと思っていたところ、なんと驚いたことに、まだ三十歳にも届かない司祭に迎えられた。ピエトロ神父という名のその司祭がわたしに説明してくれたところによると、オディム氏が神父に手紙を書いてわたしが到着することを知らせたという。そして、ピストイアでは、ロマネスク様式やゴシック様式の重要な記念碑的建築に被害を及ぼす主な要因は環境汚染ではなく、動物による汚染、より具体的には鳩の糞であり、その生息数はピストイアでも、ヨーロッパの他の多くの都市や町村でも確実に増えているということだった。それに対する確実な解決策として、武器が実験段階にあり、翌日見せてもらえることになった。その晩は聖具保管室に付属する部屋で眠ったが、何度も突然目が覚めてしまい、自分が船にいるのかチリにいるのかわからなくなった。もしチリにいたとして、はたまた実家にいるのか、学校の寮にいるのか、それとも友人宅にいるのかもわからず、ときどきヨーロッパの教会の聖具保管室に付属する部屋にいると気づくことはあっても、その部屋がヨーロッパのどこの国にあるのか、そこで自分が何をしているのかもわからなかった。朝になると、教区教会の使用人に起こされた。アントニアという名のその女性はわたしに言った。神父さま、ドン・ピエトロがお待ちです、すぐにおいでください、さもないと神父の逆鱗に触れます。彼女は文字どおりそう言った。そこで身を浄め、司祭服をまとい、司祭館の中庭に出ると、そこに、わたしのよりも光沢のある司祭服をまとい、左手に革と金属でできた分厚い籠手をはめた若いピエトロ神父がいた。金色の壁に囲まれた四角い空を見上げると、一羽の鳥の影に気づいた。ピエトロ神父はわたしを見るとこう言った。鐘楼に登りましょう。そこでわたしは無言で神父のあとに続き、二人とも口もきかずに果敢に上を目指した。鐘楼に着くと、ピエトロ神父は口笛を吹き、大きく腕を振った。すると空から例の影が鐘楼に舞い下りてきて、イタリア人神父が左手にはめていた籠手にとまった。そのとき、説明されはしなかったものの、永遠の苦しみの聖母マリア教会の上空を舞っていた黒っぽい鳥が鷹だったこと、ピエトロ神父が鷹匠になったこと、それがその古い教会で鳩を退治するために用いられている手段であることがわかった。そして、その高みからは、中庭やマゼンタ色をした教会の煉瓦敷きの広場に通じる階段が見えたが、どんなに目を凝らしても、鳩は一羽も見えなかった。午後になると、聖職者兼鷹匠のピエトロ神父は、わたしをピストイアの別の場所に連れていってくれたが、そこには教会の建物もなければ市の記念碑もなく、時の歩みから守るべきものは何ひとつなかった。我々は教区教会のバンに乗っていった。箱の中には鷹が入っていた。目的地に着くと、ピエトロ神父は鷹を取り出し、空へ向けて放った。見ると鷹は舞い上がり、一羽の鳩に襲いかかった。わたしは鳩が空中で身を震わせるのを見た。公営アパートの建物のひとつの窓が開き、老女が我々に向かって何か叫びながら拳を振り上げて威嚇した。ピエトロ神父は笑った。我々の司祭服が風にはためいた。帰り道、鷹の名はトルコだとピエトロ神父が言った。その後、わたしはトリノ行きの列車に乗り、その地で救済の聖パウロ教会のアンジェロ神父を訪ねたところ、この神父もやはり鷹狩りに精通していた。彼の鷹はオテロという名で、トリノ中の鳩に恐れられていたが、アンジェロ神父がわたしに打ち明けてくれたところによると、オテロがこの街で唯一の鷹というわけではなく、トリノのどこか知らない地区、おそらく南部に別の鷹がいて、オテロはときおり飛行中にその鷹とすれ違っているという。この二羽の猛禽は鳩を狩っていて、原則として互いを恐れる理由はない。しかしアンジェロ神父は、二羽の鷹が対決する日はそう遠くないと考えていた。トリノにはピストイアよりも長く滞在した。その後、わたしはストラスブール行きの夜行列車に乗り込んだ。その地ではジョゼフ神父がクセノポンという名の鷹を飼っていて、この猛禽は青みがかった黒い色の羽をしていた。ジョゼフ神父はときどき、鷹をオルガンのてっぺんの金色のパイプにとまらせてミサを上げることがあり、わたしは跪いて主の御言葉を聞きながら、ときどきうなじのあたりに鷹の視線、そのじっと動かない目を感じることがあった。すると気が散ってしまい、わたしはベルナノスやモーリアックといった、ジョゼフ神父が絶えず読んでいた作家たちについて考え、またグレアム・グリーンについても考えた。この作家を読んでいたのはわたしだけで、ジョゼフ神父は読んでいなかったが、それというのもフランス人が読むのはフランスの作家だけだからだ。とはいえ、グリーンについては、あるとき二人で夜遅くまで話し合ったことがあり、我々が意見の一致を見ることはなかった。我々はマグレブの司祭で殉教者のビュルソンの話もし、その生涯と業績に関してはヴュイヤマンが本を書いていて、ジョゼフ神父はその本を貸してくれた。それに、ジョゼフ神父曰く、日曜日だと好ましく感じられるが月曜日には不愉快に感じられるという乞食司祭ピエール神父の話もした。その後、わたしはストラスブールを発ってアヴィニョンに向かい、正午の聖母マリア教会を訪ねた。そこの主任司祭はファブリス神父で、彼の鷹の名はタ・ギョールといい、その貪欲さと狂暴さによって近隣に名を馳せていた。ファブリス神父と過ごした午後は忘れられない。タ・ギョールは空を舞い、いまや鳩の群れだけでなくムクドリの群れも散り散りにさせていた。あのはるか遠い幸福な日々、プロヴァンスの大地、ソルデル、ソルデッロ、どのソルデッロだ？　の巡る地に、ムクドリはごまんといたのだ。そしてタ・ギョールは飛び立つと、低い雲の中へ、穢れていると同時に穢れのないアヴィニョンの丘から下りてくる雲の中へと姿を消した。。そしてファブリス神父とわたしが話をしている間、タ・ギョールが稲妻か稲妻の抽象概念のごとくまた姿を現わし、揺れながら移動して西の方角から蝿の大群のように空を黒く染めるムクドリの大群に向かって急降下した。すると数分もしないうちに、飛び回っていたムクドリの群れは血に染まり、散り散りになり、さらに血に染まり、そのとき、アヴィニョン郊外の夕暮れが濃い赤に染まり、それはまるで、飛行機の窓から見える黄昏の赤か夜明けの茜色のようだった。耳鳴りのように聞こえるエンジンの音に軽く目が覚め、飛行機の窓のブラインドを上げると、地平線に血管に似た赤い筋が見え、その惑星の大腿動脈、その惑星の大動脈が次第に膨らんでくる。わたしがアヴィニョンの空に見たのはその膨れた血管で、ムクドリの群れの血に染まった飛行、タ・ギョールという抽象表現主義の画家のパレットのような動き、ああ、平和、自然の調和、アヴィニョンほどそれが明らかな、あるいははっきりとした場所はどこにもない。その後、ファブリス神父が口笛を吹き、我々が心臓の鼓動でしか計れないなんとも形容しがたい時間を待ちながら過ごしていると、ついに鷹が身を震わせながら彼の腕にとまった。その後、わたしは列車に乗り、このうえなく重苦しい気持ちでアヴィニョンを去り、スペインの地に到着し、もちろん最初に赴いた場所はパンプローナだった。そこでは、教会建築はわたしの興味を引かない別の方法で手入れされていたか、そうでなければまったく手入れされていなかったが、わたしはそこにオプス・デイの同志を訪ねなければならなかった。彼らはオプス・デイの編集者やオプス・デイの学校の校長、やはりオプス・デイに属している大学の学長を紹介してくれて、その誰もが、文芸評論家としてのわたしの仕事、詩人としてのわたしの仕事、教育者としてのわたしの仕事に関心を示し、本の出版を申し出てくれた。スペイン人は実に寛大で、しかも真面目な人々で、それというのも、翌日、契約をひとつ交わしたあと、オデイム氏がしたためたわたし宛ての手紙を彼らから渡されたからだ。手紙の中でオデイム氏は、ヨーロッパはどうか、気候や食べ物、歴史的記念碑はどうかと尋ねていて、滑稽な手紙ではあったものの、そこには表面的にはわからない、もっと真面目な内容のもう一通の手紙が隠されているように思えた。暗号化された手紙の内容はわからなかったし、その滑稽な手紙の中に暗号化された手紙が本当に存在すると確信していたわけでもないが、わたしはひどく気になり出した。その後、何度も抱擁を交わし、推薦状やありとあらゆる心のこもった別れの言葉を受けたあと、わたしはパンプローナを発ってブルゴスに着き、そこではアントニオ神父という高齢の司祭が待っていた。彼はロドリゴという名の鷹を飼っていたが、この鷹は鳩狩りをしなかった。ひとつには、アントニオ神父は歳のせいで鷹と一緒に狩りに出かけられなかったからで、またひとつには、神父は最初こそ熱中したものの、やがて、糞害をもたらすとはいえ、やはり神の創造物でもある鳥を、そんなにも素早く効率的な方法で手軽に一掃してしまうことに疑いを抱くようになったからだった。そんなわけで、わたしがブルゴスに到着したとき、鷹のロドリゴは、アントニオ神父か彼の女中が市場で買ってくる挽き肉か細切れ肉、それにレバー、心臓、臓物、屑肉しか食べていなかった。鷹は動かないために嘆かわしい状態となり、アントニオ神父の外見同様、すっかり老いさらばえていた。この神父の頬ときたら、疑念と、後悔の中でも最もたちの悪い遅きに失した後悔のせいですっかりこけていて、わたしがブルゴスに着いたとき、アントニオ神父は大きな石造りの部屋にある自分の寝床、きめの粗い毛布が掛かった貧しい司祭の粗末なベッドに横たわっていて、鷹は部屋の隅で頭巾を被り、寒さに震えていた。その姿にはイタリアとフランスの地で目にした鷹の優雅さは微塵も感じられず、哀れな鷹と哀れな司祭はともに憔悴しつつあった。アントニオ神父はわたしの姿を目にすると、片肘をついて起き上がろうとしたが、それははるか後年、果てしなく長い年月ののちのわたし、老いた若者がいきなり現われてから二、三分後のわたしとまさに同じだった。アントニオ神父の肘と腕を見ると、それこそ鶏の腿みたいに痩せ細っていた。そのアントニオ神父はわたしに、自分は考え事をしていたのだと言った。わしは考えたんだが、と神父は言った。鷹を使うこの方法は、たぶんいい考えではない。なぜなら、たとえ建物を腐食させ、いずれは破壊してしまう鳩の糞害から教会を守ってくれるとしても、鳩というのは聖霊の地上における象徴のようなものであることを忘れてはならないからだ。そうじゃないかね？　それに、カトリック教会は父と子なしでも済むが、聖霊抜きというわけにはいかん。聖霊は、全教区民が思っているよりもはるかに重要なのだ、十字架の上で亡くなった神の子よりも、星々と地球そして全宇宙の創造者である父よりも。そのときわたしが両手の指先でブルゴスの司祭の額とこめかみに触れてみると、少なくとも四十度の熱があることがわかり、わたしは女中を呼んで医者を迎えに行かせた。そして医者の到着を待つ間、頭巾を被って書見台の上にとまっている凍え死にそうな鷹を眺めて気を紛らせていたが、鷹がそんな状態でいるのはよくないと思い、聖具保管室で見つけたもう一枚の毛布でアントニオ神父をくるむと、籠手を探し出して鷹を手に載せ、中庭に向かった。冷たく澄み切った夜空をじっと見上げると、わたしは鷹の頭巾を外し、こう言った。さあ飛び立て、ロドリゴ、そうして、三度目の掛け声で、ロドリゴはついに飛び立った。わたしは鷹が次第に力強く舞い上がるのを眺めていた。彼の翼は金属でできた羽の音を立て、巨大に感じられた。するとそのとき、ハリケーンのような風が吹いてきて、垂直に飛んでいた鷹の体は傾き、わたしの司祭服は怒りに満ちた旗のようにまくれ上がり、そのとき自分がふたたび、飛び立て、ロドリゴ、と叫んだのを覚えている。そのあと、狂ったようなさまざまな翼の音が聞こえたが、風が教会とその周辺を吹き清める一方、わたしはまくれ上がった司祭服のひだに目隠しされてしまい、そしてわたし自身の顔にかぶさった、いわば頭巾を取り去ることができたとき、形のはっきりしない塊が地面に落ちているのに気づき、それが何羽分もの鳩の血まみれの小さな死骸であることがわかった。鷹は姿を消す前に、わたしの足元というかわたしの周りの半径十メートル以内に獲物を置いていったのだ。確かなのは、その夜、ロドリゴがブルゴスの空に消えてしまったことで、そこには他にも小鳥を餌にする鷹たちがいると言われていた。きっとわたしが悪かったのだろう。教会の中庭に残って、ロドリゴを呼ぶべきだったのだ、そうすれば猛禽は戻ってきたかもしれなかった。しかし、教会の奥から呼び鈴が執拗に鳴り響き、それがついに耳に届いたとき、医者と女中が呼んでいるのだとわかり、わたしはその場を離れて彼らのもとに駆けつけた。そして中庭に戻ったとき、鷹はもういなくなっていた。その夜、アントニオ神父は息を引き取り、わたしは彼の葬儀を執り行なった。それから次の日、次の司祭がやってくるまで、あれこれ現実的な用事にかかりきりになった。新しい司祭はロドリゴがいないのに気づいてもいなかった。女中はたぶん気づいていただろうが、別に大したことではないとでも言うようにわたしを見た。どうやら、アントニオ神父が亡くなったあとでわたしが鷹を逃がしてやったか、あるいはアントニオ神父の指示に従って鷹を殺したと思ったらしい。いずれにせよ、彼女は何も言わなかった。翌日、わたしはブルゴスを発ち、マドリードに着いた。その地では、教会建築の保護について何の対策も講じられていなかったが、わたしは新たな任務を帯びることになった。その後、わたしは列車に乗り、ベルギーのナミュールまで旅をした。その地では、森の聖母マリア教会のシャルル神父がロニーという名の鷹を飼っていた。わたしはシャルル神父とたいへん親しくなり、それぞれ弁当と常にワインを入れたバスケットを持参して、町を囲む森の中をよく自転車で一緒に走り回ったりした。ある日の午後など、大きな川の支流の畔、野の草や花が生い茂り、オークの巨木が立ち並ぶ場所で、わたしはシャルル神父に告解したほどだ。それでも、アントニオ神父のこと、そしてあのブルゴスの救いようのないダイヤモンドの夜にわたしが逃がした彼の鷹、ロドリゴのことは何も言わなかった。その後、わたしは列車に乗り、魅力溢れるシャルル神父に別れを告げて、フランスのサン＝カンタンに向かった。そこでわたしを迎えてくれたのは、ゴシック建築の至宝とも言うべき聖ペテロと聖パウロ教会のポール神父で、このポール神父と彼の鷹、フィエヴルに関しては傑作な一件がある。ある朝、鳩の群れを空から一掃しようと我々が一緒に出かけたところ、鳩がいなかった。わたしのまだ若い接待役は、鷹の中でもピカ一と見なしていた自分の鷹が自慢の種だったので、すっかり機嫌を損ねてしまった。聖ペテロと聖パウロ教会は市庁舎前広場の近くにあったが、そこへ市庁舎前広場からポール神父の嫌うざわめきが聞こえてきた。神父とわたし、それにフィエヴルがその場で機をうかがっていると、突然、一羽の鳩が広場を囲む赤い屋根の上に舞い上がるのが見えた。するとポール神父は自分の鷹を放ち、鷹は市庁舎前広場から飛んできたその鳩を一瞬にして仕留め、こぢんまりした美しい聖ペテロと聖パウロ教会の中心の尖塔を目指すらしかった。フィエヴルの不意討ちに鳩は墜落した。そのとき、サン＝カンタンの市庁舎前広場で驚きのざわめきが上がり、ポール神父とわたしは、急いで逃げ出す代わりに教会の広場をあとにして、市庁舎前広場に向かって歩いていくと、鳩はそこにいた。白い鳩だったが、いまや街路の石畳を血に染めつつあり、周囲にできた人だかりの中には、サン＝カンタン市長やたくさんのスポーツ選手の姿もあった。そのときになって我々は、フィエヴルが始末したのがマラソン競技大会の象徴だったことを悟った。選手たちは腹を立てていたか沈痛な面持ちを見せ、この大会を後援するサン＝カンタンの地元団体のご婦人方も同様で、マラソンのスタートの合図に白い鳩を飛ばすことを思いついたのは彼女たちだった。それに、町の主だったご婦人方の提案を支持していたサン＝カンタンの共産主義者たちも立腹していたが、彼らにとって、今は死んでしまったがかつては生きて飛んでいたその鳩は、スポーツ競技による協調や平和を意味する鳩ではなく、ピカソの鳩、二重の意図がこめられた鳥だった。要するに、ありとあらゆる勢力が不快な思いをしていたわけだが、子供たちだけは例外で、空に見えるフィエヴルの影を感嘆しながら目で追い、ポール神父のところにやってくると、驚くべき鳥に関する疑似技術的あるいは疑似科学的な詳細についてあれこれ質問を浴びせた。するとポール神父は、口元に笑みを浮かべながら、そこにいた人々に赦しを請い、誰でも犯す過ちなのだと言って詫びるように両手を動かすと、ときに誇張を交えながらも常にキリスト教に則った答えを返して子供たちを喜ばせることに専念した。その後わたしはパリに行き、その地でひと月近く、詩を書いたり、美術館や図書館に足繁く通ったり、あまりに美しい教会を訪れては目を潤ませたり、また暇を見つけて国家的価値のある記念碑的建築の保存についての報告書の草稿を練り、鷹を用いることをとりわけ力説するとともに、文芸記事や書評をチリに書き送ったり、サンティアゴから送られてくる本を読んだり、食事をしたり散歩したりして過ごした。ときおりオディム氏がこれといった理由もなく短信をよこした。週に一度はチリ大使館に赴き、祖国の新聞を読んだり、文化担当官と話したりした。この人物は感じがよく、いかにもチリ人らしく、信仰心が篤く、適当に教養があり、「フィガロ」紙に載るクロスワードパズルを解くことでフランス語を学んでいた。その後わたしはドイツに行き、バイエルン地方を巡り、オーストリアとスイスに滞在した。その後スペインに戻った。アンダルシアを巡ったが、それほど好きになれなかった。もう一度ナバラに戻った。すばらしかった。ガリシアの地を旅した。アストゥリアスとバスクを回った。イタリア行きの列車に乗った。ローマに赴いた。わたしは教皇の前に跪いた。わたしは涙した。不気味な夢を見た。自分の着ている服を引き裂く女たちが出てきた。ブルゴスの司祭だったアントニオ神父が出てきて、息を引き取る前に片目を開け、わたしにこう言った。それはとてもよくないよ、君。鷹の群れ、何千羽もの鷹が大西洋の上空を高く飛び、アメリカ大陸に向かう夢を見た。ときどき夢の中で太陽が黒ずんだ。また別のときにはおそろしく太ったドイツ人司祭が夢に出てきて、わたしにある笑い話を聞かせた。彼はこう言った。ラクロワ神父よ、ひとつ小咄を聞かせよう。教皇があるドイツ人の神学者とともに、バチカンの一室で静かに語らっている。そこに突然、フランス人の考古学者が二人、ひどく興奮し神経を高ぶらせた様子で現われる。二人は教皇に、自分たちはイスラエルから戻ってきたところで、知らせを二つ持ってきた、ひとつはとてもよい知らせ、もうひとつはどちらかと言えば悪い知らせだと言う。教皇は、もったいぶらず一度に教えてほしいと言う。フランス人たちはあわてて、よい知らせというのは聖墳墓が見つかったことです、と答える。聖墳墓が？　と教皇が訊き返す。聖墳墓です。間違いありません。教皇は感激のあまり泣き出す。悪い知らせというのは何かね？　と教皇は涙を拭きながら訊く。聖墳墓の中にキリストの遺骸を見つけたのです。教皇は気を失う。フランス人たちは駆け寄って教皇に風を送る。その中で唯一落ち着いていたドイツ人神学者が言う。なるほど、とすると、キリストは実在したんですね？　ソルデル、ソルデッロ、あのソルデッロ、マエストロ・ソルデッロ。ある日わたしは、もうチリに帰る時機だと判断した。帰りは飛行機だった。祖国の状況は好ましくなかった。夢を見てはならない、首尾一貫しなければ、とわたしは自分に言い聞かせた。夢を見たあとで迷ってはならない、愛国者にならなければ、と自分に言い聞かせた。チリでは物事がうまくいっていなかった。わたしにとって物事はうまくいっていたのだが、祖国にとってはそうではなかった。わたしは高揚したナショナリストではないが、それでも自分の国に対して真の愛を感じる。チリよ、チリ。いったいどうしてお前はそんなに変わることができたのだ？　ときどき、開いた窓から身を乗り出して、サンティアゴの輝きを遠くに見ながら呼びかけることがあった。お前はいったい何をされたのだ？　チリ人は狂ってしまったのか？　誰が悪いのだ？　また、教会の学校の廊下か新聞社の廊下を歩きながら、こう言うこともあった。チリよ、いったいいつまでそんなふうでいるつもりなのだ？　お前は別の何かになってしまったのか？　もはや誰も知らない怪物になったのか？　その後、選挙が行なわれ、アジェンデが勝利を収めた。わたしは自分の部屋の鏡に近寄り、そのときまで取っておいた決定的な問いを浴びせたかったが、その問いはわたしの血の気の失せた唇から出てくることを拒んだ。あれは誰にとっても耐えがたいことだった。アジェンデが勝利した日の夜、わたしは外に出かけ、フェアウェルの家まで歩いていった。彼は自らドアを開けてくれた。なんと老けていたことか。そのころ、フェアウェルは八十歳かたぶんもっと上で、再会したときはもうわたしの腰にも尻にも触らなかった。入りたまえ、セバスティアン、と彼は言った。わたしは続いて居間に入った。彼は何度か電話をかけた。最初にかけた相手はネルーダだった。電話は通じなかった。そのあとニカノール・パラにかけた。やはり通じない。わたしは肘掛け椅子に崩れ落ちるようにして座ると、両手で顔を覆った。フェアウェルがさらに四人、五人の詩人の電話番号をダイヤルする音がまだ聞こえたが、誰も出なかった。わたしたちは酒を飲み始めた。わたしは、もしそれで気が休まるなら、我々と共通の知り合いのカトリックの詩人たちにかけてはどうかと提案してみた。最悪の連中だ、とフェアウェルが言った。皆で街に繰り出して、アジェンデの勝利を祝っているにちがいない。

二、三時間経ったころ、フェアウェルは椅子の上で眠り込んでしまった。ベッドまで運ぼうとしたが、重すぎたのでそのままにしておいた。家に帰ると、ギリシアの古典を読み始めた。神の思し召すままに、とわたしはつぶやいた。わたしはギリシア人の本を再読しよう。伝統の命じるままに、ホメロスを皮切りに、ミレトスのタレス、コロポンのクセノパネス、クロトンのアルクメオン、エレアのゼノン（実にすばらしい）と続け、その後、アジェンデを支持する軍の将軍が暗殺され、チリはキューバとの国交を復活させ、国勢調査でチリの総人口は八百八十八万四千七百六十八人となり、テレビでは『生まれる権利』というテレノベラの放映が始まった。わたしはスパルタのテュルタイオス、パロスのアルキロコス、アテナイのソロン、エフェソスのヒッポナクス、ヒメラのステシコロス、ミティレネのサッポー、メガラのテオグニス、テオスのアナクレオン、テーバイのピンダロス（わたしのお気に入りのひとり）を読み、政府は銅を国有化し、次に硝石と鋼鉄を国有化し、パブロ・ネルーダがノーベル賞を、ディアス＝カサヌエバが国民文学賞を受賞し、フィデル・カストロがチリを訪問し、多くの人々はカストロがこの国に留まって死ぬまで暮らすだろうと思い、キリスト教民主党の元首相ペレス＝スホビクが暗殺され、エンリケ・ラフォルカデが『白い小鳩』を発表し、わたしは熱のこもった解説に近い好意的な書評を書いたが、心の底では何の価値もないちっぽけな小説だとわかっていた。そしてアジェンデに対する中上流階級の婦人たちによる最初の抗議デモが組織され、わたしはアイスキュロス、ソフォクレス、エウリピデス、ありとあらゆる悲劇、ミティレネのアルカイオス、アイソポス、ヘシオドス、ヘロドトス（人間というより巨人だ）を読み、チリでは物資の欠乏とインフレが生じ、闇市が現われ、食糧を得るために長蛇の列ができ、農地改革によってフェアウェルの農園をはじめ多くの大農園が接収され、女性省が設けられ、アジェンデがメキシコを訪問し、ニューヨークで国連会議に出席し、テロ事件がいくつか発生し、わたしはトゥキディデスを、トゥキディデスの長大な戦史を読んだ。時を経て黒ずんだ本のページを横切る河川と平原、風と台地、トゥキディデスの描く人々、トゥキディデスの描く兵士たち、武器を持たぬ人々、葡萄を摘む人々、山からはるかな地平線を望む人々、その地平線ではわたしも無数の人々に混じって生まれるのを待っている、トゥキディデスが見、そこでわたしが身震いしたあの地平線、そしてわたしはデモステネス、メナンドロス、アリストテレス、プラトン（常に得るものが多い）も再読し、何度もストライキがあり、戦車部隊のある大佐がクーデターを企て、あるカメラマンのフィルムに自らの死の瞬間が記録され、その後アジェンデの海軍副官が暗殺され、暴動が繰り返され、悪口雑言が飛び交い、チリ人が冒瀆的な言葉を吐き、壁に落書きし、その後、五十万人近い人々がアジェンデ支持の大規模なデモ行進を行ない、その後クーデターが起き、反乱、軍事蜂起、モネダ宮殿の爆撃があり、爆撃がやんだとき、大統領が自殺し、すべては終わった。そのときわたしは静かに座りながら、読んでいた本のページに指を置き、動きを止め、そして思った。静けさが戻った。わたしは立ち上がり、窓から外を覗いた。なんという穏やかさ。空は青い、深く澄み切った青、ところどころに雲が浮かんでいる。遠くにヘリコプターが見える。窓を開けたまま、わたしは跪き、チリのために、すべてのチリ人のために、死者のために、生者のために祈った。その後、フェアウェルに電話をかけた。どんな気分ですか？　とわたしは訊いた。小躍りしているよ、と彼は答えた。それに続く日々は奇妙だった。まるでわたしたちが皆、突然夢から覚めて現実の生活に戻ったかのようで、それでもときどき感覚は真逆になり、突然誰もが夢の中に入り込んでしまったかのように思えることもあった。我々の日々の生活は、夢の中ではすべてが起こりうる、そして人は起こることすべてを受け入れるというその異常な要素にしたがって展開していった。動きというものは異なる。我々はガゼル、あるいはガゼルの夢を見るトラのように動く。ヴィクトル・ヴァザルリの絵のように動く。まるで我々が影を持たないかのように、しかもその途方もない事実がどうでもいいことであるかのように動く。我々は話す。我々は食べる。だが実際には、自分たちが話すということ、食べるということを考えないようにしているのだ。ある晩、ネルーダが死んだことを知った。わたしはフェアウェルに電話した。パブロが亡くなりました、と彼に言った。癌だよ、癌だったんだ、とフェアウェルが言った。ええ、癌でした、とわたしは言った。一緒に葬儀に行きますか？　私は行くよ、とフェアウェルが言った。ご一緒します、とわたしは言った。電話を切ったとき、まるで夢の中の会話だったような気がした。次の日、我々は墓地に行った。フェアウェルはえらく洒落た格好をしていた。幽霊船のように見えたが、えらく洒落ていた。私の農園が戻ってくる、と彼はわたしの耳元でささやいた。葬列には夥しい人々が並び、我々が進む間にもさらに参列者の数は増した。あの若い連中、えらくハンサムだな、とフェアウェルが言った。気持ちを抑えてください、とわたしは言った。彼の顔を見た。フェアウェルは何人かの知らない相手に目配せしている。彼らは若く、不機嫌そうだったが、わたしには彼らが、不機嫌と上機嫌が単なる観念的な偶然の出来事にすぎない夢から現われたように思えた。我々の後ろにいた誰かがフェアウェルに気づいて、あれは批評家のフェアウェルだと言っているのが聞こえた。ある夢から出てきて別の夢に入っていく言葉。その後、誰かがわめき出した。ヒステリーに陥った男。他にもヒステリーを起こした何人かの男たちが唱和した。何なんだ、この粗野な振る舞いは？　とフェアウェルが訊いた。取るに足りない連中ですよ、とわたしは答えた。気にすることはありません、もう墓地に着きます。で、パブロはどこなんだ？　とフェアウェルが訊いた。あの、前を行く棺の中です、とわたしは答えた。バカ言うな、とフェアウェルが言った。私はまだボケ老人になっちゃいないぞ。すみません、とわたしは言った。まあいいだろう、とフェアウェルが言った。残念なのは、葬儀が昔とは違ってしまったことだ、とフェアウェルが言った。まったくです、とわたしは応じた。ありとあらゆる種類の賛辞や惜別の言葉があった、とフェアウェルが言った。フランス風ですね、と私は応じた。パブロにすばらしい弔辞を書いてやれたものを、と言うとフェアウェルは泣き出した。我々は夢を見ているにちがいない、とわたしは思った。彼と腕を組んで墓地をあとにするとき、ひとりの男が墓石にもたれて居眠りしているのを見かけた。背筋に震えが走った。それに続く日々は至って穏やかで、わたしはギリシア古典を読むのに飽きてしまった。そこでまたチリ文学を読み耽った。何か詩を書こうとした。最初は弱強格の詩しか浮かばなかった。その後、自分に何が起きたのかわからない。わたしの詩は、天使のように無垢なものから悪魔的なものに変わった。夕方になるとしばしば、自分の詩を聴罪師に見せたいという誘惑に駆られたが、見せはしなかった。女性を容赦なく非難する詩を書き、同性愛者についての詩を書き、廃駅で迷子になった子供たちについての詩を書いた。わたしの詩はいつもなら、一言で言えばアポロン的だったが、今浮かぶのはむしろ、あえて名づけるとするならディオニュソス的な作風だった。だが実際は、ディオニュソス的な詩ではなかった。と言って悪魔的でもない。それは憤怒の詩だった。わたしの詩の中に現われるあの哀れな女たちは、わたしに何をしたというのか？ひょっとしてわたしを騙した女がいるのか？あの哀れな同性愛者たちがわたしに何をしたというのか？何もしちゃいない。何も。女たちも、ホモたちも。子供たちに至ってはなおさらだ。だったらなぜ、あの不幸な子供たちはあの退廃的な風景の中にいたのだろう？もしかするとあの子供たちの誰かはわたし自身なのか？わたしが決して持つことのない息子や娘なのか？わたしが決して知ることのない迷える親の迷える子なのか？でも、それならわたしはなぜあれほど怒り狂っていたのか？とはいえ、わたしの日々の生活はいたって穏やかだった。話すときは小声で話し、怒らず、時間に几帳面で、素行もきちんとしていた。毎晩祈りを上げ、苦もなく眠りにつくことができた。ときに悪夢を見ることもあったが、あのころは、多かれ少なかれ、誰もがときおり何らかの悪夢に襲われていたのだ。それでもわたしは毎朝、目覚めると疲れが取れていて、その日の日課に立ち向かう気力に満ちているのだった。まさにある朝、応接間で何人かの客がわたしを待っていると知らされた。身を浄め終えると、階下に下りた。壁際の木のベンチにオディム氏が座っているのに気づいた。立ったまま手を後ろで組み、自称表現主義（実際には印象主義だったが）の画家の絵をじっくり眺めているのはオイド氏だった。わたしを見ると二人とも、旧友に微笑むように微笑んだ。わたしは二人を朝食に誘った。壁に掛かった時計の針は八時を二、三分回ったばかりだったが、意外なことに、朝食はちょっと前に済ませたという返事が返ってきた。付き合うだけだが、お茶一杯なら飲んでもいいと言う。朝食は紅茶に、バターとジャムを塗ったトースト、それにオレンジジュースくらいしかとりません、とわたしは言った。バランスの取れた朝食ですね、とオディム氏が言った。オイド氏は何も言わなかった。わたしの指示に従って、メイドが朝食を家の回廊に運んできた。そこからは、庭と、隣の学校の壁をところどころ隠している木々が眺められた。我々は非常に難しい提案をしに来たんです、とオディム氏が言った。わたしは無言で頷いた。オイド氏はわたしのトーストを一枚手に取り、バターを塗っていた。とびきり慎重に扱う必要のある案件です、とオディム氏が言った。特に今この状況にあっては。ええ、もちろんわかっています、とわたしは答えた。オイド氏はトーストを一口かじると、庭の中に大聖堂のようにそびえ立ち、学校の誇りとなっている三本のナンヨウスギの大木をじっと眺めた。もうおわかりでしょうが、ウルティア神父、チリ人の言うことはいつだってあてにならない。別に悪気がないのは明らかですが、およそあてにならないんです。わたしは何も言わなかった。オイド氏は三口でトーストを食べ終えると、もう一枚のトーストにバターを塗り始めた。私は何を言おうとしているのか？　とオディイム氏は回りくどく自問した。つまり、ここに我々が携えてきた案件は、極秘扱いなんです。ええ、わかっています、とわたしは答えた。オイド氏は自分で紅茶をお代わりし、親指と中指を鳴らしてメイドを呼ぶと、ミルクを少し持ってこさせた。何がおわかりなんですか？　とオディイム氏が大らかで親しげな笑みを浮かべて訊いた。極秘扱いにせよということです、とわたしは答えた。そんなものではありません、とオディイム氏が言った。はるかに重大な、超のつく極秘、それも並々ならぬ慎重を要する機密事項なんです。わたしはオディイム氏の言葉を訂正したかったが、いったいわたしに何を要求しようとしているのか知りたかったのでやめておいた。マルクス主義について何かご存知かな？　オイド氏はナプキンで口を拭うとこう言った。いくらかは知っていますが、厳密に知的な理由からです、とわたしは答えた。つまり、その教義からわたしほど遠いところにいる人間はいないと、誰もが言うということです。だが、知っているのか、知らないのか？知っていますよ、多少は、と次第に神経を高ぶらせながらわたしは答えた。あなたの蔵書にマルクス主義の本はあるかな？　とオイド氏が訊いた。とんでもない、あれはわたしの蔵書じゃありません、我々の共同体の図書です。何がしかはあると思いますが、それも単なる閲覧用で、純粋にマルクス主義の否定を目的とする哲学的研究の土台として使うんです。でも、ウルティア神父、ご自身の蔵書をお持ちなのでは、いわば私的な個人蔵書が、何冊かはここの学校に、他のは自宅に、ご実家にある、違うかな？　いいえ、違ってはいません、とわたしはつぶやくように答えた。で、私的な蔵書にマルクス主義の本はあるのかそれともないのか？　とオイド氏が訊いた。はいかいいえか、どうか答えていただきたい、とオディム氏が懇願した。はい、とわたしは答えた。すると、あなたはマルクス主義について、いくらか、あるいはいくらか以上知っているということかな？　とオイド氏は詮索するような目でわたしをじっと見つめた。わたしは助けを求めてオディム氏を見た。オディム氏は目で何かわたしには理解できない合図をしたが、それは言われたとおりにしろという意味なのか、それともわたしとの共犯関係を意味するものかもしれなかった。どう答えたらいいものでしょう、とわたしは言った。何か言ってごらん、とオディム氏が言った。あなたがたもご存知でしょう、わたしはマルクス主義者ではありません、とわたしは言った。しかし、知っているのか、知らないのか、つまりマルクス主義の基本的知識を、とオイド氏が訊いた。そのくらい誰でも知っています、とわたしは答えた。ということは、マルクス主義を学ぶのはそんなに難しくないということだな、とオイド氏が言った。ええ、それほど難しくはありません、とわたしは、爪先から頭のてっぺんまで身震いしつつ、これまでにも増して衝撃的な夢を見ている気になりながら答えた。オディム氏はわたしの脚を平手で叩いた。親しみがこもっていたにもかかわらず、わたしはあやうく飛び上がりそうになった。学ぶのが難しくないのなら、教えるのも難しくはなさそうだな、とオイド氏は言った。わたしは黙っていたが、そのうち、わたしが何か言うのを二人が待っていることに気づいた。ええ、と答えた。それほど難しくはなさそうです。教えたことは一度もありませんが、注をつけたことがあります。今その機会が来たわけだ、とオイド氏が言った。祖国への奉仕ですよ、とオデイム氏が言った。輝く勲章からはほど遠い、秘密裡に行なう奉仕ですが、とオデイム氏は言い足した。単刀直入に言えば、口を開かずに遂行する奉仕だ、とオイド氏が言った。他言は無用、とオデイム氏が言った。口に糊だ、とオイド氏が言った。墓場のごとく静かに、とオデイム氏が言った。絶対にあれこれ言いふらしてはならない、もうわかってくれただろうが、機密の見本のようなものだ、とオイド氏が言った。で、それほど扱いが難しいとは、いったいどういう仕事なのですか？　とわたしは訊いた。何人かの方々に、マルクス主義について少しばかり講義してもらいたいんだ。そんなにたくさんではなく、いくらか概要がつかめる程度でいい。相手は我々チリ人のすべてが多くを負っている方々ですよ。そう言ってオデイム氏は顔を近づけ、わたしの鼻に臭い息をふっと吹きかけた。わたしは顔をしかめざるをえなかった。わたしの不快な表情を見て、オデイム氏はにやっとした。別に頭を悩ませなくてもいいですよ、とオデイム氏は言った。誰のことかなんて考えないこと。で、もし引き受けたら、講義はいつ始まるのですか？　実を言うと、目下の仕事が山ほど溜まっているものですから、とわたしは言った。とぼけるのはよしたまえ、とオイド氏が口を挟んだ。これは誰も拒むことのできない仕事だ。誰も拒もうとも思わないでしょう、とオデイム氏がとりなすように言った。危機は過ぎた、ここは毅然とすべきだ、と思った。教える相手はどなたですか？　と訊いてみた。ピノチェト将軍だよ、とオイド氏が答えた。わたしは息を呑んだ。他には？　リー将軍、メリノ提督、メンドーサ将軍、ええと、他は誰だったかな？　とオディム氏は声を落として言った。準備をしなくては、とわたしは言った。軽々しくお引き受けできることではありませんから。講義は一週間以内に始める必要がある。時間は十分ですか？　ええ、まあ、とわたしは答えた。二週間あると理想的でしょうが、でも一週間でなんとかします。その後、オディム氏は謝礼の話をした。これは祖国への奉仕です、とオディム氏は言った。とはいえ、人は食べなければならない。たぶんわたしはそのとおりだと答えた気がする。それから何を話したかは覚えていない。その週は、それまでの週と同じく穏やかな夢のような雰囲気のうちに過ぎていった。ある日の午後、新聞社の編集部から出てくると、一台の車がわたしを待っていた。それに乗せられて学校に行き、講義用のノートを取ってくると、車は夜のサンティアゴに入り込んでいった。後部座席には大佐がひとり、ペレス＝ラロウチェ大佐がわたしと並んで座っていて、わたしに一通の封筒を手渡したが、わたしはその封筒を開けたくはなかった。大佐はオディム氏とオイド氏が執拗に言ったこと、すなわち、わたしの新たな仕事が極秘中の極秘であるということをまた強調した。わたしは自分が信頼に足ることを大佐に保証した。ではこの件についてこれ以上取り沙汰するのはやめて、ドライブを楽しむことにしましょう、とペレス＝ラロウチェ大佐は言った。そしてウイスキーを一杯勧めたが、わたしは遠慮した。司祭服のせいですか？　と大佐は訊いた。そのときになって、学校に着いたとき、新聞社に出かけた際に着ていたスーツを司祭服に着替えていたことに気づいた。わたしは頭を横に振った。ペレス＝ラロウチェは、司祭でも酒飲みを何人か知っていると言った。わたしは、司祭であろうがなかろうが、チリに酒飲みがいるとは思えないと言った。この国では我々はむしろ酒癖が悪い。すると予想どおり、ペレス＝ラロウチェは同意しなかった。わたしは聞いているふりをしながら、自分がなぜ服を着替えたのか考えていた。わたしもまた、制服姿で自分の生徒となるお歴々の前に登場するつもりだったのか？　わたしが何かを恐れていて、確かに存在する正体不明の危険から司祭服が身を守ってくれるからか？　車窓を覆うカーテンを開けたかったが、開かなかった。金属の棒で開けられないようになっていたのだ。安全対策ですよ、とペレス＝ラロウチェは言った。彼はまるでパブロ・デ・ロカの錯乱した詩を、そうと知らずに、あるいはそうと知りつつ暗唱しているかのように、なおもチリのワインと度を越したチリの酔っ払いどもの名前を列挙していたが、やがて車はとある庭園に入り、正面玄関の明かりしか点っていない屋敷の前で停まった。わたしはペレス＝ラロウチェのあとに続いた。わたしが警備兵の姿を探しているのに気づくと、大佐は、優秀な警備兵というのは姿を見せないものだと説明した。それで、警備兵はいるのですか？　とわたしは訊いた。もちろん、それに、みんな引き金に指を掛けている。そうと知って嬉しいです、とわたしは言った。わたしたち二人は家具も壁もまばゆいほど白い応接間に入った。座ってください、とペレス＝ラロウチェが言った。何を飲みますか？　お茶を、とわたしはおずおずと答えた。お茶ですか、それはいい、と言うと、ペレス＝ラロウチェは部屋から出ていった。わたしはぽつんと突っ立っていた。きっと撮影されているにちがいない。金メッキの枠がついた鏡が二枚あり、撮影するにはもってこいだった。遠くで誰かが冗談を言い合っている声がした。そのあとまた静かになった。足音が聞こえ、ドアのひとつが開いた。銀の盆を持った白い服のボーイが、わたしにお茶を運んできたのだ。わたしはお礼を言った。ボーイは何かわからないことをつぶやくと姿を消した。お茶に砂糖を入れるとき、表面に自分の顔が映っているのが見えた。誰がお前を見たのだ、セバスティアン？　そして今、誰がお前を見てる？　とわたしは自問した。無性にティーカップを汚れのない壁に投げつけたくなった。カップを両膝で挟んで座り込み、泣きたくなった。小さくなって温かいお茶に浸り、砂糖の粒がダイヤモンドの大きなかけらのように静かに沈んでいる底まで潜ってしまいたかった。わたしは無表情でいた。退屈した表情を浮かべた。カップの中をかき混ぜ、お茶を味わった。美味しい。いいお茶だった。神経を休めるのにもってこいだ。そのうちに廊下で、わたしが部屋に来たときに通った廊下ではなく、わたしの正面にあるドアに通じる廊下で足音がした。そのドアが開いて、全員軍服姿の副官たちが、続いて当番兵や若い将校たちの一団が、そして軍事政権の閣僚全員が姿を見せた。わたしは起立した。横目で見ると、自分の姿が鏡のひとつに写っていた。軍服が、ときには上質の色紙のように、またときには揺れ動く森のようにきらめいた。わたしの幅広の黒い司祭服は、一瞬にしてあらゆる階調の色を吸収してしまったかのようだった。その第一夜は、マルクスとエンゲルスについて講義をした。それからマルクスとエンゲルスの幼少期について。そのあと、『共産党宣言』と『中央委員会から共産主義者同盟への呼びかけ』をテーマに話し合った。読本として、わたしは『共産党宣言』と我々の同国人であるマルタ・ハーネッカーの著作『史的唯物論の基本的概念』を貸し与えた。一週間後に行なった二回目の講義では、『フランスにおける階級闘争　一八四八―一八五〇』および『ルイ・ボナパルトのブリュメール十八日』を取り上げたところ、メリノ提督から、マルタ・ハーネッカーを個人的に知っているか、もし知っているなら彼女をどう思うかと訊かれた。わたしは、個人的には知らないが、彼女はアルチュセールの弟子で（アルチュセールが何者かは知りませんが、とわたしは提督に言った）、多くのチリ人と同様、フランスで学んだと答えた。いい女かい？　そうだと思います、とわたしは言った。三回目の講義では『共産党宣言』に戻った。リー将軍によると、それは純粋状態にある原始のテクストなのだそうだ。将軍はそれ以上詳しいことは言わなかった。わたしはからかわれているのだと思ったが、将軍は大真面目に言ったのだとすぐにわかった。このことについては考える必要があるな、とわたしは心の中でつぶやいた。ピノチェト将軍はひどく疲れた様子だった。前の二回とは違って、軍服姿だった。講義の間はずっと肘掛け椅子に座り込んだ格好で、黒のサングラスを外すこともなく、ときどきメモを取っていた。最初の何分か、将軍はシャープペンシルを握りしめたまま居眠りしていたと思う。四回目の講義には、軍事政権からはピノチェト将軍とメンドーサ将軍しか出席していなかった。わたしがためらっているのを見ると、ピノチェト将軍は、他の二人の閣僚もそこにいるつもりで続けるようにとわたしに命じたが、残りの出席者の中に、別の海軍提督と空軍大将がいるのに気づいたので、象徴的な意味では確かにそうだった。その回は『資本論』（三ページ分のレジュメを用意しておいた）と『フランスの内乱』について講義した。メンドーサ将軍は、講義の間ずっとメモを取るばかりで、一度も質問をしなかった。机の上には『史的唯物論の基本的概念』が何冊か置いてあり、講義が終わると、ピノチェト将軍は出席者たちに一冊ずつ持ち帰るようにと言った。彼はわたしに片目をつぶってみせ、帰り際にわたしと握手した。そのときほど将軍が親しみやすく思えたことはなかったと思う。五回目の講義では『賃銀・価格および利潤』について話し、『共産党宣言』にもまた触れた。一時間後、メンドーサ将軍はぐっすり眠り込んでいた。気にしなくていい、とピノチェト将軍が言った。一緒に来たまえ。あとについていくと、屋敷の裏の庭園を望むことができる大きな窓があった。満月の光がプールの滑らかな水面できらめいていた。将軍は窓を開けた。我々の背後から他の将軍たちがマルタ・ハーネッカーについて話すくぐもった声が聞こえてきた。花壇からは実に芳しい香りが立ち上り、庭園中に漂っていた。一羽の鳥が鳴き、すぐに同じ庭園あるいは隣の庭から、同じ種類の別の鳥がそれに応えた。そのあと、夜のしじまを破るような羽ばたきが聞こえ、やがて何事もなかったかのように深い静けさが戻ってきた。歩こう、と将軍が言った。まるで彼が魔法使いであるかのように、我々が大窓を通って魔法の庭に足を踏み入れるやいなや庭園の照明が点り、四方八方にちらばる明かりは趣味がよく美しかった。そのあとわたしは、エンゲルスが単独で書いた『家族・私有財産・国家の起源』について話した。わたしが説明するたびに将軍は頷き、ときおり的を射た質問をした。ときどき二人とも口をつぐみ、果てしない空間を孤独にさまよう月を眺めた。たぶんその光景のせいだろう、わたしは大胆にも将軍に、レオパルディをご存知ですかと訊いたのだ。将軍は知らないと答えた。それは誰かと訊かれた。我々は立ち止まった。他の将軍たちは、窓辺で夜を眺めていた。十九世紀イタリアの詩人です、とわたしは答えた。この月は、とわたしは言った。大胆な物言いをお許しいただけるなら、将軍、彼の二篇の詩、「無限」と「アジアのさまよえる羊飼いの夜の歌」を思い出させます。ピノチェト将軍はこれっぽっちも興味を示さなかった。将軍と並んで歩きながら、わたしは暗記していた「無限」の詩句を朗誦してみせた。いい詩だ、と将軍は言った。六回目の講義にはふたたび全員が出席し、リー将軍はとてもできのよい生徒という印象を受けた。メリノ提督は何より人当たりのいい会話の名手で、メンドーサ将軍は、いつものように黙ったまませっせとメモを取る。この回ではマルタ・ハーネッカーを取り上げた。リー将軍は、今、その女性は二人のキューバ人と懇意にしていると言った。提督はその情報は確かだと請け合った。そんなことがありうるのか？　とピノチェト将軍が訊いた。そんなことがありうるのか？　我々は女性の話をしているのか、それとも雌犬の話をしているのか？　それは正しい情報なのか？　間違いありません、とリーが答えた。身を持ちくずした女をうたった詩がわたしの頭に浮かんだ。その最初の数行と大雑把な構想をその夜記憶に留めながら、わたしは『史的唯物論の基本的概念』について講義し、『共産党宣言』のいくつかの要点についてふたたび力説したが、結局彼らはきちんと理解するには至らなかった。七回目の講義では、レーニン、トロツキー、スターリン、そして世界の多種多様な対立し合うマルクス主義の趨勢について話した。毛沢東、チトー、フィデル・カストロも取り上げた。出席者の全員（ただしメンドーサ将軍はこの七回目の講義を欠席した）が、『史的唯物論の基本的概念』を読み終えていたか読んでいる途中で、講義がだれてきたときに、またマルタ・ハーネッカーの話になった。それと、毛沢東の軍人としての能力が話題になったのを覚えている。ピノチェト将軍は、中国で軍人としての才能を備えていたのは毛沢東ではなく別の中国人だと言って、その名前と姓を挙げたが発音が難しく、もちろんわたしは記憶に留めていない。リー将軍は、マルタ・ハーネッカーはおそらくキューバ国家安全保障機関のために働いているのだろうと言った。それは正しい情報なのか？　間違いありません。八回目の講義でわたしはふたたびレーニンについて語り、『何をなすべきか』について討議した。そのあと、『毛沢東語録』（ピノチェトにはいたって平凡で単純に思えた）を読み直し、それからまたマルタ・ハーネッカーの『史的唯物論の基本的概念』に戻り、皆で討論した。九回目の講義では、彼らにこの本に関する質問をいくつかした。回答はおおむね満足のいくものだった。十回目は最終講義だった。出席者はピノチェト将軍ただひとりだった。我々は宗教について話し、政治の話はしなかった。わたしが辞去するとき、将軍は自身と軍事政権の閣僚たちを代表して贈り物をくれた。なぜだかわからないが、別れはもっと感動的だろうと思っていた。そうではなかった。それはいかにも国の指導者らしく有無を言わせぬ、ある意味で冷ややかで、かつ実に礼儀正しい別れ方だった。講義は何かしら役に立ったかとわたしは訊いた。もちろんだ、と将軍は答えた。わたしは期待に応えられたかと訊いた。それについては安心してくれ、と将軍は請け合った。あなたの仕事ぶりは完璧だった。ペレス＝ラロウチェ大佐が家まで送ってくれた。誰もいないサンティアゴの通り、夜間外出禁出令により幾何学模様になった街を横切り、午前二時に家に着いたものの眠れず、何をしたらいいかもわからなかった。部屋の中をぐるぐる歩き回り始めると、頭の中にいくつものイメージや声が潮のように押し寄せてきた。十回の講義、とつぶやいてみた。実際にはたった九回だ。九回の講義。九回の授業。参考文献はごくわずかだった。うまくこなせただろうか？　彼らは何かを学んだだろうか？　わたしは何かを教えただろうか？　やるべきことをやれただろうか？　果たすべき義務を果たしたか？　マルクス主義は人文学か？　悪魔の理論か？　わたしのしたことを友人の作家たちに話したら、認めてもらえるだろうか？　わたしのしたことに拒絶反応を示す者もいるだろうか？　理解して許してくれる者もいるだろうか？　ことの良し悪しが常にわかる人間などいるだろうか？　そんなことをくよくよ考えていると、絶望的な気分になり、涙が出てきて、ベッドに身を横たえると、自分の（知的）災難をオディム氏とオイド氏のせいにした。この企てにわたしを巻き込んだのは彼らなのだ。そのあと、いつの間にか眠り込んでしまった。その週、フェアウェルと食事をともにした。わたしはもはや重圧に耐えきれなかった。あるいは動きと言ったほうがより適切かもしれない。あるときは振り子のように、またあるときは円を描くように揺れる自分の意識の動き、燐光、ただしお告げの祈りの時間の沼のようにぼんやりとした燐光を放つもやの中で、わたしの明晰な意識がわたしを引きずりながら動いていく、そのことに耐えられなかったのだ。そこで、食前酒を飲んでいるときにフェアウェルにそのことを話した。ペレス＝ラロウチェ大佐から極秘中の極秘であることを懇々と諭されたにもかかわらず、わたしは自分が錚々たる顔ぶれを前にして密かに教師役を務めた、あの思いがけない奇妙な体験について彼に語った。するとフェアウェルは、それまでは歳のせいでますます無関心の中を漂っているように見え、そっけない返事をするばかりだったのが、突然耳をそばだてると、その一部始終を残らず聞かせてほしいと言った。そこでわたしは言われたとおり、彼らがどのように接触してきたか、講義を行なったラス・コンデス地区の屋敷のこと、生徒たちの積極的な反応、彼らの理解の速さ、夜遅くまで続く講義が何度かあったものの、彼らの関心は衰えなかったこと、わたしの任務に対して受けた謝礼、その他、今となっては思い出す必要もないような些細なことを話した。するとフェアウェルは目を細めてわたしを見た。まるで突然わたしが見知らぬ人間になったか、あるいはわたしの顔の中に別の顔を見つけたか、あるいは権力の領域におけるわたしの知られざる立場に、嫉妬に通じる苦々しさを覚えたようだった。そして、抑制の効いた声で、まるで、今は問いの半分しか発することができないというかのように、ピノチェト将軍はどんな人物だったかと尋ねた。わたしは、小説の登場人物ならよくやるが、生身の人間は決してしないように肩をすくめてみせた。するとフェアウェルが言った。あの方はどこか並外れたものを持っているはずだ。わたしはまた肩をすくめてみせた。するとフェアウェルは、ちょっと考えてみるんだ、セバスティアン、と言ったが、その声の調子は、ちょっと考えてみろ、このクソッたれ神父め、と言ったに等しかったか、あるいはそういう意味合いがこめられていたのかもしれない。わたしは肩をすくめ、考えるふりをした。フェアウェルの細めた目は老人特有の狂暴さで、わたしの目を穴が開くほど見つめていた。そのときわたしは、二回目か三回目の講義の始まる数分前、他の人間があまりいないときに、将軍と初めて話したことを思い出した。ティーカップを膝の上に載せて座っていると、軍服姿の将軍は人を圧するような堂々たる雰囲気でわたしのほうに近づいてきて、アジェンデが何を読んでいたか知っているかと尋ねた。わたしはカップを盆の上に置き、立ち上がった。すると将軍は、座ってくださ い、神父、と言った。あるいは何も言わず、ただ身振りで座るように促しただけだったかもしれない。それから将軍は、まもなく始まる講義のこと、高い壁に囲まれた廊下のこと、生徒たちの群れについて何か言った。わたしは穏やかな微笑みを浮かべて頷いた。それから将軍は、アジェンデが何を読んでいたか知っているか、アジェンデはインテリだったと思うかと尋ねた。不意を突かれて驚いたわたしは、何と答えればいいかわかりませんでした、とフェアウェルに言った。将軍はわたしにこう言った。今では誰もが奴を、殉教者だ、インテリだと言う。なぜなら、単なる殉教者ではもはや人の関心を引かないからだ、ちがうかね？　わたしは頭を傾け、穏やかに微笑んだ。だが、本を読まず、学ばないインテリというのが存在しないかぎり、あれはインテリではない、と将軍は言った。どう思うかね？　わたしは傷ついた小鳥のように肩をすくめた。そんなインテリは存在しない、と将軍は言った。インテリなら本を読み、学ばなければならない、でなければインテリではない。そんなことはどんな愚か者でも知っている。それで、アジェンデは何を読んでいたと思うかね？　わたしは軽く頭を振り、微笑んだ。雑誌だよ。雑誌しか読んでいなかった。本の要約とか。奴の取り巻きが奴のために切り抜いた記事とか。確かな筋から聞いて知っている、本当だ。いつも怪しいと思っていました、とわたしは小声で言った。あなたが疑うのも至極当然だ。ではフレイは何を読んでいたと思うかね？　それはわかりません、将軍、と今ではもっと安心してわたしは小声で言った。何もだ。本はいっさい読まなかった。読んでいないということでは、聖書すら読まなかったんだ。あなたは司祭としてどう思うかね？　それに関しては、特にこれといった意見はありません、将軍、とわたしは口ごもりながら答えた。キリスト教民主党の創設者のひとりなら、少なくとも聖書くらいは読めたと思うが、と将軍は言った。そうかもしれません、とわたしはどもりながら言った。私は非難するつもりでこんなことを言っているわけじゃない、つまり気づいたんだ、これは事実で、私はその事実に気づいたというわけだ。別に結論づけようというのではない、少なくとも今はまだ。違うかね？　仰せのとおりです、とわたしは答えた。ならばアレッサンドリは？　アレッサンドリがどんな本を読んでいたか考えたことがあるかね？　いいえ、ありません、将軍、とわたしは微笑みながらささやいた。奴さんは恋愛小説を読んでいたんだ！　アレッサンドリ大統領は恋愛小説を読んでいた。これは事実だ。どう思うかね？　驚きですね、将軍。もちろん、アレッサンドリを取り上げるのは、言ってみれば当然だ。いや当然どころじゃない、理にかなってる、奴さんの読書がその程度のものだというのは十分に理にかなったことだ。わかるかね？　わかりません、将軍、とわたしは苦しげな顔をしながら答えた。そうか、哀れなアレッサンドリめ、と言うと、ピノチェト将軍はわたしをじっとにらんだ。ええ、もちろんですとも、とわたしは言った。今度はわかるかね？　わかります、将軍、とわたしは答えた。アレッサンドリが書いた記事をどれか覚えているかね？　ゴーストライターではなく、本人が書いた記事でということだ。覚えていないと思います、将軍、とわたしは口ごもりながら答えた。もちろんそうだ、なぜなら当人は一度も書いたことがないからだ。フレイとアジェンデの場合も同じことが言える。彼らは本を読みもしなければ書きもしなかった。教養のあるふりをしていたが、三人のうち誰ひとりとして本を読んだり書いたりした者はいない。彼らは読書人ではなく、せいぜいのところ新聞人だった。仰せのとおりです、将軍、まさにそう思います、とわたしは穏やかに微笑みながら言った。すると将軍はこう訊いた。私がいったい何冊の本を書いたと思うかね？　わたしは凍りつきました、とわたしはフェアウェルに言った。まったく見当がつかなかったんです。三冊か四冊だ、とフェアウェルが自信を持って言った。いずれにせよわからなかったので、わたしは無知を認めなければならなかった。三冊だ、と将軍は言った。実を言うと、私は常々、ほとんど知られていない出版社や専門書の出版社から自分の本を出してきた。でもお茶を飲んでください、神父、冷めてしまうよ。それは驚くべきニュースですが、実にいいニュースです、とわたしは言った。まあ、どれも軍事関係の本だからな、軍事史や地政学を扱っていて、この種のことに通じていない者には興味が持てない内容だ。ご著書が三冊もあるなんてすばらしい、とわたしは震える声で言った。それに、アメリカの雑誌に載った記事なら数えきれないほどある、もちろん英訳されたものだが。ご著書のどれかを読むことができたら、たいへん嬉しいのですが、将軍、とわたしは小声で言った。国立図書館に行けばいい、あそこには全部揃っている。明日にでも必ず参ります、とわたしは言った。将軍は聞いていないようだった。誰の助けも借りてはいない、すべて私が自分の手で書いた。三冊とも。そのうちの一冊はかなり分厚いが、誰の手も借りず、夜を徹して書き上げたのだ。それからこう続けた。それにありとあらゆる種類の、無数の記事を書いたが、こちらもそう、軍に関係したものばかりだ。将軍が話し続けるのを促すように、わたしは絶えず相槌を打っていたが、しばらくの間、二人とも黙り込んでしまった。なぜ私がこんなことを話したと思う？　と将軍が不意に訊いた。わたしは肩をすくめ、穏やかに微笑んだ。いかなる誤解もなくすためだ、と将軍は断言した。ご存知ないと思うが、私は読書に関心がある。歴史書も読めば政治理論の本も読むし、それに小説だって読む。最近読んだのはラフォルカデの『白い小鳩』で、率直に言って青くさい小説だが、それを読んだのは、わたしが今風であることを軽んじないからで、しかも気に入った。あなたは読んだかね？　ええ、将軍、とわたしは答えた。で、感想は？　すばらしかったです、将軍、その小説については書評を書いて、ずいぶん褒めましたよ、とわたしは応じた。まあ、それほどのものでもないだろう、とピノチェト将軍が言った。確かに、とわたしは答えた。我々はまた黙り込んだ。すると突然、将軍がわたしの膝に手を置いたんです、とわたしはフェアウェルに言った。ぞっとした。一瞬の間、無数の手の波がわたしの意識を覆い隠してしまった。なぜ私がマルクス主義の基本的原理を教わる気になったと思う？　と将軍が訊いた。我が国に対し、最高の奉仕を行なうためです、将軍。そのとおり、チリの敵を理解するため、連中がどういう考え方をするのかを知るため、連中がどこまでやる気でいるのかを想像するためだ。私は自分がどこまでやる気でいるかを知っている。請け合ってもいい。だが、連中がどこまでやる気でいるかも知りたいのだ。それに私は学ぶことを恐れない。日々何か新しいことを学ぼうとする気持ちが常にある。読書もすれば物も書く。ひっきりなしに。その点でアジェンデやフレイやアレッサンドリとは違う、そうだろう？　わたしは三回頷いた。こうやって私が言おうとしているのは、神父、あなたは私と過ごして時間を無駄にすることはないし、私もあなたと過ごして時間を無駄にすることはない、そうだろう？　まったく仰せのとおりです、将軍、とわたしは言った。そしてわたしがこの話を語り終えても、壊れたか時と雨と凍てつく寒さで使い物にならなくなったクマ用の罠みたいなフェアウェルの細めた目は、相変わらずわたしを見つめたままだった。わたしは二十世紀チリの偉大な文芸評論家が死んでしまったという気がした。フェアウェル、とわたしはささやいた。わたしのしたことはよいことだったのでしょうか、それとも間違っていたのでしょうか？　返事がないので、同じ問いを繰り返した。わたしは正しいことをしたのでしょうか、それとも度が過ぎたのでしょうか？　するとフェアウェルは別の問いで答えた。それは必要な行ないだったのか、それとも不必要な行ないだったのか？　必要でした、必要でした、必要でした、とわたしは答えた。その返事で彼には十分だったらしく、さしあたりわたしにとっても十分だった。それから我々は食事を続け、会話を続けた。話の途中で、わたしはフェアウェルに言った。わたしがお話しした内容は、他人には一言たりとも口外しないでください。それは当然だ、とフェアウェルは言ったが、その声の調子はペレス＝ラロウチェ大佐そっくりで、結局のところ紳士ではなかったオディム氏とオイド氏が何日か前にしゃべったときの調子とは別物だった。ところが次の週、この話は野火のごとくサンティアゴ中に広まり始めた。イバカチェ神父は軍事政権の閣僚たちにマルクス主義の講義を行なった。それを知ったとき、わたしは凍りついた。フェアウェルの姿が目に浮かんだ。つまり、まるで自分でこっそり監視していたかのように、実に鮮やかに想像できたのだ。お気に入りの大きな肘掛け椅子かクラブの安楽椅子に腰掛けている彼の姿、あるいは大昔から友情を培ってきた老婆たちの誰かのサロンで、今は事業に携わっている退役将軍たち、英国仕立ての服を着たホモたち、あの世行きも近い著名な姓を持つご婦人方からなる聞き手を前に、わたしが軍事政権の閣僚たちの個人教授になった経緯について、半ばボケた調子であれこれまくし立てているのだ。その手のホモたち、棺桶に片足を突っ込んだ老婆たち、さらには企業の顧問に天下りした退役将軍たちは、たちまち他の人間にその話をし、それを聞いた人間が別の人間に、さらに別の人間に、さらに別の人間に話すという具合に広まっていく。もちろんフェアウェルは、自分が最初に噂を流した発動機というか導火線というかマッチであることを認めなかったし、わたしもそのことで彼を非難するだけの体力も気力もなかった。そこでわたしは電話の前に座り、友人や元友人からの電話を、わたしの軽率さを責めるオイド氏とオディム氏、それにペレス＝ラロウチェからの電話を、怒りに燃える者たちからの匿名の電話を、サンティアゴの文芸サロンに流布している噂のどこまでが本当でどこまでが嘘なのかを知りたがる教会当局からの電話を待ったが、誰からもかかってはこなかった。最初のうち、この沈黙はわたしという人間を拒絶する将軍の態度のせいなのかと思った。その後、驚いたことに、この件を重大だと思う者など皆無だということに気づいた。この国に住む聖職者たちは、動じることなく、遠い稲妻と閃光、噴煙がぼんやり見える見知らぬ灰色の地平線を目指していた。そこでは何があったのか？　我々にはわからなかった。ソルデッロはいない。そうなのだ。グイードもいない。緑の木々もない。馬の速歩（トロット）も聞こえない。議論もなければ調査もない。もしかすると我々は、自分たちの魂に、あるいは祖先の煉獄に落ちた魂のほうに向かっているのかもしれなかった。自分の、あるいは他人の功徳が、我々の目やにだらけの、あるいは泣きはらした、疲れ切った、あるいは恥じ入った目の前に広がる、果てしない平原。それならば、わたしのマルクス主義入門の講義が誰にとっても別にどうということはないというのはごく当たり前ですらあった。誰もが早晩また権力を分かち持つことになるだろう。右翼、中道、左翼、すべては同じひとつの家族になるのだ。倫理上の問題はいくつかある。美学上の問題はひとつもない。現在、ひとりの社会主義者が統治し、我々はまさしく平等に暮らしている。共産党員（まるでベルリンの壁が崩壊しなかったかのように暮らしている）、キリスト教民主党員、社会党員、右翼と軍人。あるいはその逆。順序を逆に言ってもいいのだ！　社会的要因の順序が生産を変化させることはない。まったく問題ない！　少し熱にやられただけだ！　気狂いじみた行為が三回あっただけだ！　精神病の兆候がやけに長引いているだけだ！　わたしはまた街に出られるようになり、知り合いたちに電話をかけられるようになったが、誰も何も言わなかった。あの鉄と沈黙の時代、むしろ多くの人はわたしが執拗に書評や批評を書き続けていることを称賛してくれた。たくさんの人がわたしの詩を褒めたたえてくれた！　わたしのもとにやってきて頼み事をする者もひとりならずいた！　わたしは気前よく推薦状を書いてやり、チリ人らしい親切心からささやかな仕事先を紹介してやったが、相手は永遠の救済を保証されたかのようにわたしに感謝したのだ！　要するに、我々は皆、分別があり（例外はあの老いた若者で、あの当時どこをほっつき歩いていたのか、どこかの穴にはまり込んでいたのか、知る由もなかった）、我々は皆チリ人であり、我々は皆ありきたりで、控えめで、理に適い、節度を保ち、慎重で、良識があり、何かしなければならないこと、必要なものが存在すること、犠牲が必要なときと健全に熟考するときがあることを誰もが知っていた。ときどき、夜になると、明かりを消して椅子に座り、ファシス

ト と叛徒(ファクシオソ)の違いは何かと小声で自問することがあった。たった二つの言葉。二つの言葉にすぎない。ときにはひとつになるが、たいてい二つは別々だ！　そこでわたしは外に出て、最良の世界でないとしても、可能な世界、現実の世界にいるのだとなんとなく確信しながらサンティアゴの空気を吸った。わたしは詩集を一冊出版した。そこには自分にさえ奇妙に思える詩が収められている。つまり、わたしのペンから生まれたというのが奇妙であり、自分の詩であることが奇妙なのだ。だがわたしはそれを、自由への貢献、自らの自由と読者の自由に貢献するものとして世に問うた。それから授業を再開し、講演も再開し、そしてスペインのパンプローナでもう一冊本を出版し、世界の空港を巡るときが来た。上品なヨーロッパ人、深刻そうな（おまけに疲れているように見える）アメリカ人、とびきりお洒落なイタリア人、ドイツ人、フランス人、イギリス人、目を楽しませてくれる紳士たちの間を行く。そしてそこを過ぎゆくとき、わたしの司祭服が、エアコンから吹き出す風か、論理的な理由などなしに神の存在を予感させるかのように突然開く自動ドアのせいで翻る。するとわたしの質素な司祭服が風に翻るのを見て、誰もが口々に言うのだ。あそこを行くのはセバスティアン神父だ、疲れを知らないウルティア神父、あの輝けるチリ人だと。その後、チリに帰国した。わたしは常に戻るからだ。そうでなければ「輝けるチリ人」ではないだろう。そして書評を、批評を新聞に書き続け、文化に対する異なるアプローチの仕方を声を大にして主張した。迂闊な読者ならその批評のうわべを多少引っ掻いたかもしれないが、わたしが声を大にして訴えたのは、ギリシアやローマの古典、プロヴァンス文学、十三世紀イタリアの清新体、スペイン、フランス、イギリスの古典を読むこと、もっと文化を！　もっと文化を！　ホイットマン、パウンド、エリオットを読むこと、ネルーダ、ボルヘス、バジェホを読むこと、もちろんヴィクトル・ユゴー、そしてトルストイを読むことだった。そしてわたしは砂漠で、しわがれた声で誇らしげに叫んだが、わたしのわめき声、それにときに上げる金切り声を聞いたのは、わたしの書いたものの上っ面を人差し指の爪で引っ掻くことのできた者たちだけだった。数は多くないが、わたしには十分な数だった。そして人生は続く、続く、米粒の首飾りのようにどこまでも続く。それぞれの米粒には風景が描かれている。極小の粒と顕微鏡でなければ見えないほどの風景。誰もがその首飾りを着けていることをわたしは知っていたが、その首飾りを外して両目を近づけ、そこに描かれた風景を、実に辛抱強く、また強靭な精神力によって一粒ごとに解読しようとする者はいなかった。ひとつには、それらの細密画はヤマネコの目で、鷲の目で見る必要があるからで、またひとつには、それらの風景には棺や俯瞰した墓地、ゴーストタウン、深淵と目眩、存在の卑小さとその滑稽な意志、テレビを見る人々、サッカーの試合を観戦しに行く人々、チリ人の想像の世界を巡行する巨大な空母に似た退屈が描かれていて、不快な驚きをもたらしがちだったからだ。そしてそれは事実なのだ。我々は退屈していた。本を読んでも退屈していた。それが知識人なのだ。なぜなら人は一日中、一晩中読書することはできないからだ。人は一日中、一晩中書き続けることはできない。我々は盲目の巨人ではなかったし、今もそうではない。あのころも今と同様、チリの作家や芸術家はどこか快適な場所に集まり、知的な人々と語り合う必要があった。多くの友人が、しばしば政治的というよりも個人的な理由で国を去ったという避けがたい事実はともかく、問題は夜間外出禁止令だった。夜の十時にすべての場所が閉まってしまったら、知識人や芸術家はどこに集まればいいのか？　誰もが知っているように、夜というのは、集会を開いたり、内輪で何かをしたり、気の置けない人々と会話を交わすのにうってつけの時間なのだ。芸術家、作家。なんという時代だ。老いた若者の顔が見える気がする。見えはしないが、見える気がするのだ。鼻にしわを寄せ、地平線を見つめ、爪先から頭のてっぺんまで震えている。見えはしないが、彼が小高い場所でうずくまっているか四つん這いになっているのが見える気がする。その間、黒雲がものすごい早さで彼の頭上を流れていき、その小高い場所というのはその時点では低い丘なのだが、次の瞬間、ある教会の前庭、雲のように黒く、雲のように電気を帯び、湿気か血で光る前庭に変わる。そして老いた若者はますます身体を激しく震わせ、鼻にしわを寄せ、そして物語に襲いかかる。だがその物語、真実の物語はわたしだけが知っている。それは単純にして残酷だが真実であり、我々を笑わせるにちがいなく、それも死ぬほど笑わせるにちがいない。だが我々は泣くことしか知らず、唯一確信をもってできるのは泣くことなのだ。夜間外出禁止令が出ていた。レストランやバーは早々と店じまいした。人々もほどほどの時間に引き上げてしまう。作家や芸術家が集まって、好きなだけ飲んだりしゃべったりできる場所はそれほどなかった。それが実情だった。そんなときに起きたことだ。ある女性がいた。名前はマリア・カナレス。作家で美人、それに若かった。彼女にはある種の才能があったと思う。この意見は今も変わらない。その才能を彼女は、どう言えばいいか、自らの裡に閉じ込め、自らの鞘に収め、じっと沈潜させていた。他の者たちはそれを否定したり、目の詰んだベールで覆い隠したり、忘れてしまったりした。老いた若者は裸で獲物に襲いかかる。だがわたしはマリア・カナレスの物語を知っている。何が起きたか、すべて知っているのだ。彼女は作家だった。今もそうかもしれない。作家たち（そして批評家たち）には出かける場所がそれほどなかった。マリア・カナレスの家は郊外にあった。木々の生い茂る庭に囲まれた大きな家で、快適な居間には暖炉があり、よいウイスキーとよいコニャックがあり、週に一度か二度、まれには三度、友人たちに開放された。我々がどうやって彼女と知り合ったかはわからない。おそらくある日、新聞社の編集部、雑誌の編集部、チリ作家協会の本部に現われたのだと思う。もしかするとどこかの創作教室に参加したのかもしれない。確かなのは、ほどなくして全員が彼女と知り合い、彼女も我々全員と知り合ったことだ。彼女は親切だった。すでに言ったように美人だった。髪は栗色で、目は大きく、誰かが彼女に読んだほうがいいと言った本はことごとく読んだか、我々にそう思わせた。彼女はよく展覧会に行った。もしかすると彼女とはある展覧会で知り合ったのかもしれない。たぶん展覧会の帰りに、我々のグループを自宅で開くパーティーに誘ったのだろう。彼女が美人だったことはすでに言った。芸術を愛好し、画家やパフォーマンスアーティスト、映像作家と話すのを好んだが、それはたぶん、彼らの教養全般が明らかに作家たちの教養より劣っていたからだろう。あるいは彼女はそう思っていた。そこで作家たちと付き合い始めたのだが、作家たちもさして幅広い教養を身につけているわけではないということに気づいた。彼女はさぞかしほっとしたことだろう。いかにもチリ人らしい安堵だ。神に見捨てられたこの国では、真の教養人はわたしを含めてごくわずかだ。他の連中はまったくの無知だ。だが人々は感じがよく、人好きがする。マリア・カナレスは感じがよく、人好きがした。つまり彼女は気前がよく、招いた客たちが居心地よく過ごせるということが彼女にとって何より大事らしく、そのために全力を注ぐのだった。実際、人々はこの新進作家が催す集まりや常連の会、夜の集い、サプライズパーティーで居心地よく過ごした。彼女には息子が二人いた。そのことをわたしはまだ言っていなかった。わたしの記憶が正しければ、二人の幼い息子がいて、上の子は二歳か三歳、下の子は八か月くらい、夫はジェームズ・トンプソンという名のアメリカ人で、少し前にチリとアルゼンチンに支社を立ち上げたアメリカ企業の代理人か重役だった。マリア・カナレスは夫をジミーと呼んでいた。もちろん皆ジミーを知っていた。わたしもだ。背の高い典型的なアメリカ人で、髪は妻よりもいくらか明るい栗色、あまり口数は多くなかったが、礼儀正しかった。彼はときどきマリア・カナレスの芸術家たちの夕べに顔を出したが、そんなときはたいてい、その夜のあまりぱっとしない招待客たちの話に辛抱強く耳を傾けていた。さまざまなメーカーの車が列をなしてやってくる時間になると、子供たちは二階の寝室に寝に行くのが常だった。家は三階建てで、ときどきメイドか乳母がパジャマ姿の子供たちを抱きかかえて階下に下りてきて、着いたばかりの客たちにおやすみの挨拶をさせ、子供らしい可愛らしさやしつけの良さを褒めてもらったり、パパやママによく似ていると言われることもあったが、実のところ、わたしと同じセバスティアンという名の上の子は、両親のどちらにもまるで似ていなくて、その反対に、通称ジミーという下の子は父のジミーに生き写しで、ところどころ母親から受け継いだ南米人の特徴を示していた。その後、子供たちが二階に上がり、メイドも子供部屋の隣の部屋に引き上げると、階下のマリア・カナレスの広々とした居間でパーティーが始まる。女主人は皆にウイスキーをふるまい、誰かがドビュッシーやベルリン・フィルハーモニー管弦楽団の演奏によるヴェーベルンのレコードを掛け、少しして誰かが詩を朗読してはどうかと思いつき、別の誰かが何がしかの小説の長所を褒めたたえてはどうかと思いついた。絵画やコンテンポラリーダンスについて議論が交わされ、話の輪がいくつかできて、誰それの最新作が批判の対象になり、別の誰それの直近のパフォーマンスのすばらしさが話題になり、欠伸をする者が出てくる。ときどき反体制派の若い詩人がわたしに近づいてきて、パウンドの話を始め、しまいに自分自身の作品について語り出すこともあった（どんな政治志向であろうと、わたしは常に若い世代の作品に興味を持っていた）。女主人がエンパナーダを山盛りにした盆を持って突然現われる。泣き出す者もいれば、歌い出す者もいて、朝の六時か七時、夜間外出禁止令が解け、皆ふらつきながらも一列になって自分たちの車に向かった。肩を組んでいる者もいれば、半分眠っている者もいたが、人々の大半は楽しげで、やがて六台か七台の車が朝の空気を破る轟音を響かせ、少しの間、庭の小鳥たちのさえずりをかき消した。女主人は車寄せから手を振って我々に別れを告げ、車は、我々のひとりがあらかじめ鉄の門を開ける役目を引き受けていた庭から次々と出ていき、マリア・カナレスは、最後の車が家の境界を、彼女の歓待の城の境界を越えるまで、車寄せにずっと立ったまま見送っていた。車は隊列をなしてサンティアゴ郊外の人気のない大通り、どこまでも続く大通りを走り、その両側には孤立した家や持ち主に見捨てられたりほったらかしにされた別荘がところどころに建っていて、分譲用地が水平線に向かって果てしなく二列に並ぶ一方、アンデス山脈の向こうから朝日が顔を出し、街の中心部からは新しい一日の不協和音の反響が聞こえてきた。そして一週間が経つと、我々はふたたびそこに行った。ただしそれは言葉の綾で、わたしが毎週通ったというわけではない。わたしはマリア・カナレスの家に月に一度顔を出した。いや、回数はもっと少なかったかもしれない。だが、毎週通う作家たちもいた。あるいはもっと頻繁に！　今では皆そのことを否定している。今、彼らは平気で言えるのだ、毎週通っていたのはわたしだと。週に一度以上通っていたのはこのわたしだと！　だが、老いた若者でさえ、それは嘘だと知っている。だからそれはもはやどうでもいい。わたしはめったに通わなかった。どんなに多くてもそこまで頻繁には通わなかった。しかし、訪ねたときは周囲を観察していたし、ウイスキーを飲んで判断力が鈍ることもなかった。わたしはあれこれ視線を注ぎ、たとえば、わたしと同じ名の子、セバスティアンや彼のほっそりした顔をじっと見たりしていた。あるとき、メイドが少年を階下に連れてきた。わたしは彼女の腕からセバスティアンを引き取り、いったいどうしたのかと訊いた。生粋のマプーチェ族のメイドはわたしをにらみつけ、子供を取り戻そうとした。わたしはそれをかわした。どうしたんだい、セバスティアン？　と、それまで自分でも感じたことのなかった優しさをこめて訊いた。子供は大きな青い目でわたしを見つめた。わたしは子供の顔に手を当てた。なんと冷たい顔だろう。突然、自分の目に涙が浮かぶのを感じた。するとメイドはわたしから乱暴に子供を引ったくった。わたしは自分が司祭だと言いたかった。それを阻んだのは、たぶん例の馬鹿げた感覚、我々チリ人に備わっている警戒心だったのだろう。また二階に上がるとき、子供は自分を腕に抱いているメイドの肩越しにわたしを見たが、その大きな目は見たくないものを見ているという感じだった。マリア・カナレスは、上の子がそれこそ自慢の種だった。その子がいかに頭がよいかを褒めちぎった。下の子については、恐れ知らずで大胆なところを買っていた。わたしはほとんど話を聞いていなかった。母親というのは皆、同じような戯言を言うのだ。実際、わたしは前途有望な芸術家たち、何もないところから（あるいは密かに読んだ本から）チリの新たなシーンを創造しようとしている芸術家たちと話をしたが、その英語風の表現は、国を出ていった人々が残していき、彼らが当時構想中だった自分たちの作品で満たして埋めようと考えていた空隙を名指すにはいささかつたないものだった。わたしは彼らや、（わたし同様）不定期にサンティアゴ郊外の家に現われては、イギリスの形而上詩について語ったり、ニューヨークで観た最新映画について論評したりする古馴染みと話をした。マリア・カナレスとはせいぜい二回かそこらしか話したことがなく、それも常に雑談だった。あるときわたしは彼女の書いた短篇を読んだ。それはのちに左翼系の文芸誌主催のコンクールで一等賞を獲得した。そのコンクールのことは覚えている。わたしは選考委員ではなかった。選考委員を務めてほしいという依頼もなかった。もしも依頼されていたなら、きっと引き受けていただろう。文学は文学だ。だが、わたしが選考委員でなかったことは確かだ。わたしが選考委員だったら、たぶんマリア・カナレスに一等賞は与えなかっただろう。悪くない短篇だが、優れた作品からはほど遠い。まるで作者自身のように、ひたむきだが凡庸だった。当時まだ存命だったフェアウェルは、マリア・カナレス宅の文学の集いには一度も出たことがなく、それは主に彼がめったに家から出なくなり、誰とも話さず、あるいは高齢の女友だちとしか話さなくなっていたからで、わたしがその短篇を見せると、何行か読んだあとで、これはひどい作品だ、たとえボリビアでだって賞を得るには値しないと言い、チリ文学の状況を苦々しい調子で嘆いた。ラファエル・マルエンダ、ファン・デ・アルマサ、あるいはギジェルモ・ラバルカ＝ウベルトソンに比肩する作家はもはや見当たらないと言うのだ。フェアウェルは自分の肘掛け椅子に座り、わたしはその向かいにある親しい友人用の肘掛け椅子に座っていた。わたしは目を閉じ、頭を垂れたのを覚えている。今どきいったい誰がファン・デ・アルマサを覚えているだろう？　と考えている間、蛇のようなシューシューという音を立てて日は暮れていった。せいぜいフェアウェルと誰か物覚えのいい老婆ぐらいのものだろう。南部に引っ込んだ文学教師の誰か。存在しない完璧な過去に住む、頭のおかしい孫の誰か。我々には何もない、とわたしはつぶやいた。何だって？　とフェアウェルが訊いた。何でもありません、とわたしは答えた。気分はどうかね？　とフェアウェルが訊いた。とてもいいです、とわたしは答えた。それからわたしはこう言ったか考えた。二度の会話。そしてわたしがそれを言ったか考えたのは、家主とともに沈みつつあったフェアウェルの家か、わたしの独居房でのことだった。なぜなら、マリア・カナレスとは二度会話しただけだったからだ。彼女の夜の集いでは、たいてい部屋の隅の大きな窓のそばに腰掛けた。隣のテーブルの上にはいつも陶器の花瓶が置かれ、生花が活けてあった。近くに階段があった。わたしはその隅に陣取り、そこで絶望した詩人と話し、フェミニストの作家と話し、前衛画家と話したが、片目では絶えず階段を見守り、マプーチェ族のメイドと小セバスティアンがいつものように二階から下りてくるのを見逃さないようにしていた。ときにはマリア・カナレスがわたしの話の輪に入ってくることもあった。彼女は常に人好きがした！どんな些細なことでも、わたしの望みとあらば嫌な顔ひとつせずにかなえてくれた！　だが、わたしの言葉やわたしの話をほとんど理解してはいなかったと思う。理解しているふりをしていたが、何が理解できただろう？　それに、絶望した詩人の言葉も理解してはいなかったが、フェミニスト作家の意欲についてはもう少し理解していたし、前衛画家の計画には興奮していた。だが、大体においてはただ耳を傾けているにすぎなかった。つまり彼女が、わたしが加わった話の輪にいたときの話だ。その巨大な部屋の別の話の輪では、いつも主導権を握っていたのは彼女だった。話が政治に及ぶと、彼女は確信に満ちた様子で、よく響く声は何かを評するとき、決してためらうことがなかった。だからと言って、完璧な女主人役をこなさずにいることはなかった。冗談を飛ばしたり、チリのゴシップや最近確信を得たという話を披露したりして、場の雰囲気を和らげる方法を知っていた。あるとき彼女はわたしのそばにやってくると(わたしはウイスキーのグラスを片手にひとりで座っていて、小セバスティアンとその当惑した小さな顔のことを考えていた)、長い前置きは抜きで、例のフェミニスト作家を褒めたたえた。あの人みたいに書ける人なんているのかしら、と彼女は言った。わたしは率直に答えた。あの作家の書くものの多くは下手な翻訳ですよ(剽窃と呼ばなければの話だが、剽窃という言葉は不当でなかったとしても、常に厳しい言葉だ)、五〇年代のフランスの女性作家の誰かの。そう言って彼女の表情を窺った。明らかに抜け目ない顔をしていた。いかなる表情も交えずにわたしを見たが、そのうちにほとんど感じ取れないくらいの薄笑いというかこらえきれない笑みの兆しが少しずつ顔に広がっていった。彼女が微笑んでいるとは誰も言えなかっただろうが、わたしはカトリックの司祭なので、すぐに気づいた。その微笑みの性質を見きわめるのはさらに難しかった。たぶんあれは満足した笑み、でも何に満足したのだろう? たぶんあれはわかったという笑み、わたしの返事にわたしの顔を見た、そして今、わたしがどんな人間かわかっている(あるいはその非常に抜け目ない女がわかったと思っている)という笑みだった。たぶん単なる空虚な微笑み、空虚の中で神秘的に生まれ、空虚の中に溶解する微笑みだった。つまり、あなたはあの人の書くものがお好きじゃないってことね、と彼女は言った。微笑みは消え、彼女の顔はふたたび鈍い表情を取り戻した。もちろん好きですよ、とわたしは答えた。作品の欠点を批評的に証明してみせただけです。なんて馬鹿げたことを言ったのだろう。ベッドに力なく横たわり、痩せた身体をすべて片肘で支えながら、今はそう思う。なんて場当たり的な文句だろう、なんて組み立ての悪い文句だろう、なんてくだらない文句だろう。誰にだって欠点はあります、とわたしは言った。まったくおぞましい。天才だけが瑕のない作品を人に見せることができるのです。なんという恐怖。肘が震える。ベッドが震える。シーツと毛布が震える。老いた若者はどこにいるのだ？　わたしの失敗談を聞いたら笑うんじゃないか？　わたしの些細なへまや致命的な失敗に腹を抱えて笑わないだろうか？　それともうんざりして、わたしの真鍮製のベッド、ソルデル、ソルデッロ、どのソルデッロだ？　の似姿のように回転するベッドのそばからいなくなるんじゃないか？　好きにするがいい。わたしは言ったのだ。誰にだって欠点はある、だが長所を見なければならないと。わたしは言ったのだ。我々は皆、結局のところ作家なのであり、我々の道のりは長く石ころだらけなのだと。するとマリア・カナレスは、悩める馬鹿面の奥底から品定めするかのようにわたしをじっと見て、そして言った。なんて素敵なことをおっしゃるのでしょう、神父さま。わたしはびっくりして彼女を見た。ひとつには、そのときまで彼女はわたしのことを、他の友人の作家たちと同じく、常にセバスティアンと呼んでいたからで、もうひとつには、まさにその瞬間、マプーチェ族のメイドが二人の子供を腕に抱きかかえて階段を下りてきたからだ。そしてこの二重の出現、マプーチェ族のメイドと小セバスティアンが現われたことと、マリア・カナレスの顔が現われ、わたしを神父さまと呼んだこと、まるでそれまで自分が演じていた感じはいいが取るに足りない役をその場で放棄し、別のはるかに大胆な役、悔悛者の役を演じ始めたことは、ボクシングの世界で言うように（たぶん）、ほんの一瞬、わたしのガードを下げさせ、一瞬、わたしは楽しいミステリーに似た何かに入り込んだ。そのミステリーには我々全員が参加していて、我々は皆で酒を飲むが、それ自体の名を口にすることはできず、交信することもできず、知覚することもできない。それを思うとわたしは目眩がし、吐き気がこみ上げてきて、涙、汗、心拍数の増加とごちゃ混ぜの状態になった。そのもてなし好きの女主人の家を出たあと、わたしはすべてをあの子供の幻影、わたしと同じ名の子供のせいにした。子供はあのおぞましい乳母の腕に抱かれて階段を下りながら、あたりを見ていたが見えてはいなくて、その固く閉じた口、固く閉じた目、固く閉じた無垢な小さな全身はまるで、母親が毎週開くパーティー、母親が招いた陽気で無頓着な作家たちの集まりの只中にあっても、見たくも聞きたくも話したくもないというかのようだった。そのあと何があったかは知らない。気を失いはしなかった。それは間違いない。たぶん、マリア・カナレスの夜の集いには二度と参加しないと固く誓ったと思う。わたしはフェアウェルと話した。フェアウェルはすべてから遠いところにいた。ときどき彼はパブロの話をしたが、その話を聞くとネルーダはまだ生きているように思えた。またときどきアウグストの話をしたが、アウグストはここにいるとか、アウグストはあそこにいるといった具合で、そこで言われているアウグストがアウグスト・ダルマルであることを理解するのに、何日とまではいかないまでも何時間もかかった。本当のところ、フェアウェルとはもはや会話をすることができなかった。ときおりわたしは彼を見つめたまま考えていた。この年寄りの陰口叩き、年寄りの噂好き、年寄りの酔っ払い、そうやって世の栄光は去っていく。だが、そのあとわたしは立ち上がり、彼に頼まれたものを探した。安物の装飾品、銀や鉄の彫刻、もっぱら楽しみのためにとってあったブレスト＝ガナやルイス・オレゴ＝ルコの古い本。文学はどこにあるのだろう？　とわたしは自問した。老いた若者の言ったことは正しかったのか？　結局彼が正しかったのか？　わたしは詩を一篇書いたというか書こうとした。詩句の一節に、青い目をしたひとりの少年が出てきて、ガラス窓の向こうを見ている。なんと恐ろしく、なんと滑稽な。そのあとマリア・カナレスの家にまた行った。何もかもが前と同じだった。芸術家たちが笑い、飲み、踊る間、外の、サンティアゴの無人の大通りが走る地区では夜間外出禁止令が続いている。わたしは飲みも踊りもせず、ひたすら穏やかに微笑んでいた。そして考えていた。家には明かりが煌々と点り、中では大騒ぎが続いているのに、警備兵のパトロールもなければ軍事警察もやってこないのは奇妙だと考えた。マリア・カナレスのことを考えた。彼女はそのころすでに、どちらかと言えば凡庸な短篇である賞を得ていた。ときには数週間、数か月家にいないこともある彼女の夫、ジミー・トンプソンのことを考えた。子供たち、とりわけわたしと同じ名の小さな男の子、自分ではほとんど望んでもいないのに成長していた子のことを考えた。

ある晩、ブルゴスの教会の主任司祭で、鷹狩りを罵りながら亡くなったアントニオ神父の夢を見た。わたしはサンティアゴの自宅にいたが、アントニオ神父はたいそう元気よく現われた。光沢はあるがあちこちにかがったり繕ったりした跡のある司祭服を着て、一言も口をきかず、自分についてくるようにと手で合図した。わたしはそのとおりにした。我々は月に照らされた石畳の中庭に出た。中庭の中央には、葉の落ちた種類のわからない木が立っている。アントニオ神父は、中庭の端の柱廊のある場所から、有無を言わさずその木をわたしに指し示している。哀れな神父、なんと年老いてしまったことか、とわたしは思ったが、神父に言われたとおり、注意深く木を見ると、枝のひとつに鷹の姿が見えた。なんだ、ロドリゴじゃないか！　とわたしは叫んだ。老いたロドリゴは実に立派に見え、颯爽とし、誇らしげで、優雅に枝にとまっていて、その月の光を浴びた姿は孤高で、威厳すら感じさせた。そしてわたしが鷹に見とれていると、アントニオ神父が袖を引っぱるので、神父のほうを振り向くと、彼は目を大きく見開き、滝のような汗をかき、頬と顎を震わせていた。そして神父がわたしを見たとき、その目に大粒の涙が溢れ、不透明な真珠のような涙に月の光が反射しているのに気がついた。そしてアントニオ神父の痩せ細った長い指は中庭の反対側の端の柱廊とアーチを指し、月か月の光を、星の見えない夜空を、あのだだっ広い中庭の真ん中にそそり立つ木を指し、そして彼の鷹のロドリゴを指差し、という一連の動きを震えたまま、しかし何らかの筋道にしたがって行なった。神父の背中を撫でさすると、小さな瘤ができているのがわかったが、それを除けば若い農民か駆け出しのアスリートの背中のようだった。わたしは神父を落ち着かせようとしたが、わたしの唇からは何の音も出てこず、そのうちアントニオ神父は悲嘆に暮れて泣き出した。あまりに悲嘆に暮れていたので、わたしの身体に一陣の冷たい風が吹き込み、説明のつかない恐怖が心に忍び込んで、抜け殻となったアントニオ神父は、両目だけでなく額でも両手でも両足でも泣き、頭を垂れ、びしょ濡れのぼろ着からはこのうえなく滑らかな肌がほの見え、そのとき神父は頭をもたげ、わたしの目を見ると、力を振り絞って、気づかなかったかと訊いた。アントニオ神父が焦れったそうにしている間、何に気づくというのか？　とわたしは自問した。あれはユダの木なのだ、とブルゴスの神父はしゃくりあげながら言った。そのきっぱりとした口調には疑いや曖昧さの余地はなかった。ユダの木だ！　その瞬間、わたしは自分が死ぬのだと思った。一切が停止した。ロドリゴはまだ枝にとまっていた。石畳の中庭か広場は、なおも月の光を浴びて輝いていた。一切が停止した。そのときわたしはユダの木に向かって歩き出した。最初は祈ろうとしたが、祈りの言葉をすべて忘れてしまっていた。わたしは歩いた。漠とした夜に、わたしの足音はほとんど響かなかった。十分に近づいたとき、わたしは振り返り、アントニオ神父に何か言おうとしたが、彼の姿はもはやどこにもなかった。アントニオ神父は亡くなった、とわたしはつぶやいた。今は天国か地獄にいる。あるいはきっと、ブルゴスの墓地に。わたしは歩いた。鷹は頭を動かした。鷹は片目でわたしを見ていた。わたしは歩いた。夢を見ているのだ、と思った。わたしはサンティアゴにある自分の部屋のベッドで眠っている。この中庭か広場はイタリアにあるようだが、わたしはイタリアではなくチリにいるのだ、と思った。鷹は頭を動かした。もう片方の目でわたしを見た。わたしは歩いた。もう木はすぐそこにあった。ロドリゴはわたしが誰か知っているようだった。わたしは片手を挙げた。その葉のない木の枝は、石か石膏ボードでできているように見えた。わたしは片手を挙げ、枝の一本に触れた。すると鷹は飛び立ち、わたしをひとり残して去った。わたしはもう終わりだ、と叫んだ。わたしは死んだのだ。翌朝、目が覚めたあと、ときどき自分が口ずさんでいることに気づいた。ユダの木、ユダの木と、授業中も、庭を歩いているときも、日々の読書を中断してお茶の用意をするときも。ユダの木、ユダの木。ある日の午後、ひとりで口ずさんでいると、その意味が少しずつわかりかけてきた。すなわち、チリ全体がユダの木になったのだ。葉のない、明らかに立ち枯れている木、だが黒い大地に、ミミズが四十センチもの長さになる、チリの肥沃な黒い大地に今なおしっかりと根を張っている。その後、わたしはまたマリア・カナレスの家に行った。彼女は小説を書いていた。驚くべき事態だ。我々の間に何か誤解があったのだと思うが、わたしにはわからない。わたしはいきなり子供のこと、夫のことを尋ね、大事なのは人生であって文学ではないと言ってやった。すると彼女は牛みたいな顔でわたしの目を見て、そんなことはわかっている、いつだってわかっていたと答えた。わたしの権威は石鹸の泡みたいに弾け、彼女の権威(支配権)は想像もできないほどに高まった。わたしは目眩がして、いつもの自分の肘掛け椅子に腰を下ろすと、なんとかその嵐を切り抜けた。それ以来、わたしは二度と彼女の夜の集いに参加しなかった。何か月も経ったころ、ある友人が、マリア・カナレスの家で開かれたパーティーの最中に客のひとりが迷子になってしまったという話をしてくれた。その男性だか女性は、というのもその人物の性別がわからないからだが、ひどく酔っ払い、トイレあるいは我が国の哀れな人々が今も言うところの厠を探しに行った。たぶん吐きたかったのだろう、それか用を足したかっただけか、あるいは顔を軽く洗おうとしたのかもしれないが、酔っていたせいで迷ってしまった。廊下を右へ行くべきところを左に行き、そのあと別の廊下に入り込み、階段をいくつか下りると地下室になっていることに気づかなかった。その家はまさに巨大で、まるでクロスワードパズルのようだった。実際、その人物は廊下をいくつも通り抜け、空っぽの部屋や、荷物が詰め込まれた部屋、マプーチェ族のメイドが面倒臭がって決して掃除しないために大きな蜘蛛の巣だらけになった部屋のドアをいくつも開けた。ようやく他の廊下よりも狭い廊下に辿り着き、最後のドアを開けた。そこには一種の金属製のベッドがあった。明かりを点けた。ベッドの上には裸の男がいて、手首と足首は縛られていた。眠っているように見えたが、目隠しされていたので、見ただけで確かめるのは難しかった。道に迷った男性客だか女性客は、ドアを閉めたものの酔いは一瞬にして醒め、もと来た道を音を立てないようにして引き返した。部屋に戻るとウイスキーを一杯所望し、もう一杯飲み、何も言わなかった。もっとあとになって（どのくらいあとかは知らないが）、その一件をある友人に語り、その友人がわたしの友人に語り、その友人がさらにあとになってわたしに語ったというわけだ。彼は良心の呵責に苛まれていた。まあ落ち着きなさい、とわたしは友人に言った。その後、別の友人から聞いて知ったところによると、その迷子になった人物は劇作家かもしかすると俳優で、マリア・カナレスとジミー・トンプソンの邸宅の数限りなくある廊下をうんざりするほど歩き回り、廊下の突き当たりの弱々しい明かりに照らされたドアの前に辿り着き、そしてドアを開けると、ひとりの男がその地下室の金属製のベッドにうつ伏せに縛りつけられていたが、まだ生きていた。その劇作家だか俳優は、眠りによって苦痛を埋め合わせているその哀れな男が目を覚まさないようにそっとドアを閉め、もと来た道を引き返し、何も言わずにパーティーだか文学者の集まりだかマリア・カナレスの夜の集いに戻った。わたしはまた、何年も経ってから、チリの上空で雲が、ボードレールの雲なら決してそうはならないように、砕けたり、ちぎれたり、炸裂したりするのを眺めていたとき、サンティアゴ郊外のあの家の、人をからかうような廊下で迷ったのはある前衛舞台芸術の理論家だったことを知った。この実にユーモアのセンスに富んだ理論家は、ユーモアのセンスだけでなく生来の好奇心を持ち合わせていたおかげで、迷子になってもひるむことはなく、そして、マリア・カナレスの家の地下室で迷ったと気づくと、恐れるどころか、むしろ詮索好きな心が目覚め、次々とドアを開けていったばかりか、口笛さえ吹き始め、そしてついに地下室の最も狭い廊下の突き当たりの、弱々しい電球の明かりしか点いていない部屋の前に辿り着いた。ドアを開けると、目隠しをされた男が金属製のベッドに縛りつけられていて、息をする音が聞こえたのでその男が生きているとわかったが、乏しい明かりにもかかわらず、傷や化膿した個所が見え、身体の具合は悪そうだった。湿疹のようにも見えたが湿疹ではなく、虐待を受けた個所が腫れていたのだ。一か所以上骨が折れているかのようだったが、それでも息をしていて、死にかけている人のようには見えなかった。その後、前衛舞台芸術の理論家は音を立てないようにそっとドアを閉め、来たときに点けた背後の明かりは消しながら、居間に戻る道を探し始めた。数か月後、あるいは数年後だったかもしれないが、夜の集いの別の常連客から同じ話を聞いた。その後別の人物から、また別の人物から、さらに別の人物から。やがて民主主義が到来し、我々すべてのチリ人は和解しなくてはならなくなった。そんなとき、ジミー・トンプソンがＤＩＮＡ（秘密警察）の主要な情報部員のひとりであり、自宅を尋問施設として使っていたことが発覚した。反逆者たちはジミーの家の地下室に送られ、そこでジミーが尋問を行ない、可能なかぎりすべての情報を引き出し、その後、逮捕者は別の拘置所に送られた。ジミーの家では、ふつう誰も殺されなかった。単に尋問されるだけだったが、なかには死ぬ者もいた。またジミーがワシントンに出かけ、アジェンデの元閣僚を殺害し、その行きがかりにひとりのアメリカ人女性を殺害したことも判明した。さらにジミーはアルゼンチンで、そしてヨーロッパでも、亡命チリ人に対するテロ行為を計画していた。この文明の地の上空を、ジミーはアメリカ大陸に生まれた人間特有の臆病さを感じながら飛んだのだ。このことが明るみに出た。もちろん、マリア・カナレスはずっと前からそのことを知っていた。だが彼女は作家志望で、作家は他の作家と物理的に近づきになることが必要だ。ジミーは妻を愛していた。マリア・カナレスも夫のアメリカ人を愛していた。二人にはすばらしい子供たちがいた。しかし、小セバスティアンは両親を愛してはいなかった。だがそれでも二人は彼の両親だった！　マプーチェ族のメイドは密かにマリア・カナレスを愛し、おそらく自分の主人も愛していただろう。ジミーの部下たちはジミーを愛してはいなかったが、たぶん彼らにも家族がいて、密かに彼らを愛していただろう。わたしはこう自問した。マリア・カナレスは、夫が地下室で何をしているか知りながら、なぜ自宅に客を招いたのだろう？　答えは単純だ。なぜなら、夜の集いの間は、ふつう地下室に夫の客はいなかったからだ。わたしはこう自問した。あの晩、なぜ客のひとりが迷い、あの哀れな男を見つけてしまったのか？　答えは単純だ。なぜなら、習慣というものはあらゆる警戒を緩め、どんな恐怖も日常化すれば薄れてしまうものだからだ。わたしはこんな問いを立ててみた。なぜ誰もそのとき何も言わなかったのか？　答えは単純だ。怖かったから、誰もが怖かったからだ。わたしは怖くなかった。わたしなら何か言えただろうが、わたしは何も見なかった。手遅れになるまで何も知らなかった。それに、時が情け深くも隠したことを、なぜ詮索する必要があるだろう？　その後、ジミーはアメリカで逮捕され、収監された。彼は自白した。彼の供述はチリの何人かの将軍を告発することになった。彼は釈放され、証人特別保護プログラムのもとに置かれた。まるでチリの将軍たちがマフィアのボスであるかのように！　まるでチリの将軍たちが、不都合な証人を黙らせるために自分たちの触手をアメリカ中西部の小さな町にまで広げられるかのように！　マリア・カナレスは孤立した。すべての友人たち、彼女の文学の集いに嬉々として通っていたすべての連中は彼女に背を向けた。ある日の午後、わたしは彼女のもとを訪ねた。夜間外出禁止令はすでに解かれ、少しずつ変化しつつあった郊外のあの大通りを車で走るのは妙な気分だった。家はもはや以前と同じようには見えなかった。かつての輝き、特別に罰せられずに済んでいたあの夜の輝きは消え失せていた。今はただ広すぎる家でしかなく、手入れのされていない庭には、雑草が手の施しようがないほど生い茂り、まるでたまたま通りがかった者からその烙印を押された家の中の様子を隠そうとするかのように、凄まじい勢いでフェンスを這い上がっていた。わたしは門のそばに車を停め、歩道からしばらく家を眺めた。窓ガラスは汚れ、カーテンは閉まっていた。子供用の赤い自転車が、玄関に続く階段の近くの地面に転がっていた。わたしは呼び鈴を鳴らした。少ししてドアが開いた。マリア・カナレスは身体を半分のぞかせ、何かご用かしらと尋ねた。あなたとお話ししたいのですが、とわたしは答えた。わたしが誰だかわからなくなっていた。記者の方ですか？　と彼女は訊いた。司祭のイバカチェです、とわたしは答えた。セバスティアン・ウルティア＝ラクロワです。数秒の間、彼女は時を遡っているようだったが、やがて微笑んで家から出てくると、わたしとの間を隔てている庭の一画を歩いてきて、門を開けた。まさかあなたがおいでになるとは思いませんでしたよ、と彼女は言った。彼女の笑顔はわたしの記憶とそれほど変わってはいなかった。ずいぶん久しぶりですね、と彼女はわたしの心を読むかのように言った。でも、まるで昨日のことのようですよ。我々は家の中に入った。家具は以前ほど多くなく、庭が荒れているのに比例するかのように部屋の中も荒れていた。わたしの記憶の中では輝いていたあのいくつもの部屋が、今では赤味がかった埃にまみれたように見え、理解しがたく、哀しく、すでにはるか遠い光景が展開する時の流れの中で宙吊りにされているかのようだった。わたしの肘掛け椅子、わたしがいつも座っていた椅子はまだそこにあった。マリア・カナレスはわたしの視線を辿り、そのことに気づいた。お掛けくださいい、神父さま、と彼女は言った。どうか気楽になさってください。わたしは黙って椅子に座った。子供たちのことを尋ねた。何日か親戚と一緒に過ごしていると彼女は答えた。お元気なのですか？　とわたしは訊いた。とても元気です。セバスティアンはずいぶん大きくなって、会っても誰だかわからないほどですよ。わたしは夫のことを訊いてみた。アメリカにいます、と彼女は答えた。今はアメリカで暮らしているんです、と言った。で、どうしていますか？　とわたしは訊いた。元気だと思います。彼女は疲れと不快を等しく示す表情で、わたしの椅子に自分の椅子を近づけ、腰を下ろすと、汚れた窓ガラス越しに庭を眺めた。以前よりも太っていた。服装は前よりも質素だった。彼女自身のことを尋ねてみた。彼女は、自分のことなら世間の人は誰でも知っていると答え、下卑た笑い方をしたが、わたしはその笑いにいくらか挑戦的なものを感じた気がしてぞっとした。彼女にはもはや友人がなく、金もなく、夫は彼女のことも子供たちのことも顧みず、あらゆる人々から背を向けられていたが、それでもそこに住み続け、大声で笑えるという贅沢に浴していた。マプーチェ族のメイドのことを訊いてみた。南部に帰りました、と彼女は上の空で答えた。で、あなたの小説は、マリア、書き終えましたか？　とわたしは小声で訊いた。まだなんですよ、神父さま、と彼女はわたしと同様、声を落として答えた。わたしは顎に手を当て、少しの間、物思いに耽っていた。考えをはっきりさせようとしたが、できなかった。その間、彼女は記者たちの話をした。多くは外国人で、ときどき訪ねてくるのだという。わたしは文学の話をしたいのに、と彼女は言った。あの連中が訊き出そうとするのはいつだって政治の話やジミーの仕事の話、私が何を感じたかとか、地下室のことなんです。わたしは目を閉じた。彼女を赦したまえ、と心の中で願った。彼女を赦したまえ。ときには、ごくまれに、チリ人やアルゼンチン人の記者が来ることもありますよ。私、今は取材を受けるときはお金を取るんです。謝礼をもらわなければ、話さない。それに、私の芸術の夕べに誰が来ていたかは、世界中の黄金をくれたって、誰にも話しません。これは約束します。あなたはジミーが何をしていたか、すべて知っていましたか？　はい、神父さま。では、後悔していますか？　皆さんと同じですよ、神父さま。息が詰まりそう。わたしは立ち上がり、窓を開けた。上着の袖口に埃がついた。彼女はそれから家の話をした。この土地はどうやら彼女のものではなく、本来の所有者は二十年以上も亡命生活を続けている何人かのユダヤ人で、彼女に対して訴訟を起こしていた。腕利きの弁護士を雇うお金がないので、敗訴するのは確実だという。ユダヤ人たちは家をすべて取り壊し、何か新しいものを建てようとしていた。この家には何の思い出もありません、とマリア・カナレスは言った。わたしは彼女を哀しげに見つめると、たぶんそれが一番でしょう、あなたはまだお若いし、あなた自身が刑事上の罪に問われているのではないのだから、お子さんたちとどこかよその土地でやり直せると思います、と言った。すると、私の作家の道はどうなりますか？　と彼女は挑むような表情で言った。どうか筆名、ペンネーム、ニックネームを使ってください。彼女は侮辱されたかのようにわたしを見据えた。それから笑顔になった。地下室をご覧になりたいですか？　と彼女は言った。わたしはその場で彼女の顔をひっぱたいてやりたかったが、その代わりに椅子に腰を下ろし、何度も首を横に振った。目を閉じた。何か月かすれば、もうご覧になれませんよ、と彼女は言った。声の調子と息の熱さで、彼女の顔が間近にあることがわかった。わたしはまた首を横に振った。この家は取り壊されてしまうだろう。地下室も解体されてしまうだろう。ここでジミーの部下のひとりがスペイン人のユネスコ職員を殺した。ここでジミーがセシリア・サンチェス＝ポブレテという女性を殺した。ときどき子供たちと一緒にテレビを観ていると、一瞬、部屋の明かりが消えることがあったんです。悲鳴が聞こえたことは一度もないけれど、ただ電気が突然切れて、そのあとまた回復するんです。地下室をご覧になりたいですか？　わたしは立ち上がり、かつて祖国の作家や芸術家、文化のために働く者たちが集った部屋の中を二、三歩進み、頭を横に振って断った。失礼しますよ、マリア、もう行かなければ、とわたしは言った。彼女はこらえきれずに激しく笑い出した。だがそれはきっと、わたしの想像にすぎないのだろう。二人で玄関に出ると（ゆっくりと夜の帳が下りつつあった）、その取り壊される運命にある家にひとり取り残されるのが急に怖くなったのか、彼女はわたしの手を取った。わたしは彼女の手を握り、祈るように勧めた。わたしは疲れ果てていて、自分の口にした言葉に確信が持てなかった。お祈りは上げているからもうこれ以上は無理だわ、と彼女は答えた。祈りなさい、マリア、祈るのです、子供たちのためにもそうしなさい。彼女はサンティアゴ郊外の空気を吸い込んだ。その空気は黄昏そのものだった。それから、彼女なりに落ち着き、穏やかで勇敢な面持ちで辺りを見回すと、自分の家と玄関、かつて何台もの車が停めてあった場所、赤い自転車、木立、舗装されていない小道、フェンス、わたしが開けた以外は閉ざされている窓、遠くに瞬く星を見、そして、チリではこうやって文学が作られていくんだわ、と言った。わたしは軽く頭を下げると、そこをあとにした。サンティアゴに帰る道を車で走りながら、彼女の言ったことを考えた。チリではこうやって文学が作られていく、だがそれはチリだけではなく、アルゼンチンでも、メキシコでも、グアテマラでも、ウルグアイでも、スペインでも、フランスでも、ドイツでも、緑濃いイギリスでも、陽気なイタリアでも同じことなのだ。文学はこうやって作られる。文学、あるいは我々がゴミ捨て場に落ち込んでしまわないために文学と呼ぶものが。それからわたしはまた口ずさんだ。ユダの木、ユダの木、するとわたしの車はふたたびタイムトンネルの中に、時間の巨大な肉挽き器の中に突入した。そしてわたしはフェアウェルが死んだ日のことを思い出した。故人の望みどおり、さっぱりとした慎ましい葬儀だった。彼の家で、フェアウェルの存在と不在がある謎めいたやり方で具現化した彼の書架の前でひとりきりになったとき、わたしは彼の魂に呼びかけた（もちろん答えを必要としない問いかけだ）。我々についに起こったことは、なぜ起こったのでしょうかと。答えは得られなかった。巨大な書架のひとつに近づくと、指先で本の背表紙に触れた。誰かが隅で身動きした。わたしはぎょっとした。近寄ってみると、フェアウェルと親しかった老婆のひとりで、居眠りしていたのだとわかった。我々は腕を組んで彼の家をあとにした。葬列が、冷蔵庫のように冷え切った通りを次々と進む間、わたしはフェアウェルはどこにいるのかと訊いた。お棺の中ですよ、と前を行く何人かの若者たちが答えた。愚か者めが、とわたしは言ったが、若者たちはもういなかった、姿を消していた。今、病んでいるのはわたしだ。ベッドは流れの速い川に浮かんで回転している。もし激流ならば、わたしは自分の死が近いことを悟るだろう。だが、水の流れはただ速いだけだから、まだいくらか希望はある。だいぶ前から老いた若者は沈黙を保っている。もはやわたしや作家たちを罵倒したりしない。これに解決策はあるのだろうか？ 頭に叩き込んでおけ、とわたしは彼に言う。老いた若者、彼の名残りは、口を動かして、耳には聞こえない「否」を表明する。わたしの思考の力は彼を押しとどめた。あるいは歴史がそうしたのかもしれない。歴史に対してひとりの人間ができることはほとんどない。老いた若者はいつもひとりきりで、わたしは常に歴史とともにいた。わたしは片肘をついて身を起こし、彼を探す。見えるのはわたしの本と、寝室の壁と、暗がりと明るさの間にある窓だけだ。今もう一度起き上がり、人生と、授業と、書評や批評の執筆を再開できるかもしれない。新しいフランス文学の本を一冊書評したい。だが力がない。これに解決策はあるのだろうか？　フェアウェルが亡くなったあと、ある日わたしは彼の大農園、昔の〈彼方〉に何人かの友人と一緒に行ってみた。一種の感傷旅行だったが、着くか着かないうちに、しまったと思った。わたしは若いころに歩き回った草原を歩いてみた。農民たちを探したが、彼らが住んでいた小屋は空き家になっていた。わたしと一緒に行った友人たちの相手をしたのはひとりの老婆だった。わたしは彼女を遠くから見ていて、台所に向かったとき、あとを追いかけて外から、窓の反対側から彼女に挨拶した。老婆はわたしに見向きもしなかった。あとになって、耳がほとんど聞こえないということがわかったものの、それでもわたしを見ようともしなかったことは間違いない。これに解決策はあるのだろうか？　ある日、退屈しのぎに、ある若い左翼作家にマリア・カナレスのことを何か知っているかと尋ねてみた。その若者は、会ったこともないと答えた。でも君はいつだか彼女の家に行ったことがあるじゃないか、とわたしは言った。彼は何度も首を横に振り、それから話題を変えてしまった。これに解決策はあるのだろうか？　ときどきわたしは別の言語で話す農民たちとすれ違う。わたしは彼らを引き留める。畑仕事のことを尋ねてみる。すると畑仕事はしていないと言う。彼らはサンティアゴかサンティアゴ近郊の労働者で、畑で働いたことはないと言う。これに解決策はあるのだろうか？　ときどき大地が揺れる。地震の震源地は北部か南部なのだが、わたしには大地の揺れる音が聞こえる。目眩がすることもある。揺れがいつもより長く続くこともあり、人々は戸口の陰や階段の下に身を隠すか、表に走り出る。これに解決策はあるのだろうか？　わたしは人々が通りを走っていくのを見る。人々が地下鉄や映画館に逃げ込むのを見る。人々が新聞を買うのを見る。そしてときどき揺れが起こると、すべてが一瞬停止する。そのときわたしは自問する。老いた若者はどこにいるのだ？　なぜいなくなってしまったのか？　すると真実が死体のように、少しずつ浮かび上がってくる。海底から、あるいは谷底から浮かび上がってくる死体。わたしにはその浮かび上がってくる影が見える。その揺らいでいる影が。化石化した惑星の丘を登ってくるかのように、その影が浮かび上がる。そのとき、自分の病の薄明かりの中に、その残忍な顔が、その優しい顔が見える。そしてわたしは自問する。老いた若者とはわたしなのか？　これが本当の、計り知れない恐怖なのか？　わたしが老いた若者で、誰にも聞こえないのに叫んでいるということが？　哀れな老いた若者はわたしなのか？　そのとき、目も眩むような速さで、わたしの称賛した顔が、わたしの愛した顔が、わたしが憎み、羨み、軽蔑した顔がいくつも通り過ぎていく。わたしが守った顔、攻撃した顔、それから身を守ろうとした顔、わたしが空しく探し求めた顔が。

そのあとには、糞の嵐が始まるのだ。

解説　沈黙を眠らせないための夜想曲

小野正嗣

死の床に伏したひとりの男が過去を回想し始める。男の名前はセバスティアン・ウルティア＝ラクロワ。カトリックの神父だ。キリスト教の信仰者は死を前に神父を呼んで最後の懺悔をする。西洋の小説にはよく見られる光景だ。たとえば、やはり一人称の声で語られるアルベール・カミュの『異邦人』の最後の場面――死刑を宣告された主人公ムルソーのもとを神父が訪れる。太陽が眩しいからとアラブ人男性を殺したムルソーは、懺悔することを拒絶し、神父を罵倒さえする。神父が立ち去ったあとムルソーは眠る。目が覚めると彼は夜に包まれている。満天の星空。夜の匂い。夏の夜の不思議な平穏が潮のように彼を内側から満たしていく……。

しかしウルティア神父を包むチリの夜は、そうしたアルジェリアの夜の静けさからほど遠いようだ。この神父は誰に何を語ろうとしているのだろうか。ウルティア神父もムルソーも饒舌である（一人称の語りなのだから当たり前だ。黙られたら本にならない）。ただし『異邦人』の場合、語られる言葉がむき出しにするのは、主人公ムルソーの内側に広がる砂漠のような空虚さである。そこには告白すべきことなど本当はないのかもしれない。『チリ夜想曲』から受ける印象は真逆だ。ウルティア神父には語らなければならないことが確かにある。それを告白せずにあの世へと旅立つことは到底できない。しかしウルティア神父が語れば語るほど、言葉からは闇がじわじわと滲み出し、夜が深まっていく。何か大切なことが言い落とされている。あるいは、それは彼自身にとっても直視することができないものなので、それが明るみに出てこないように、ひとつひとつが闇のかけらのような言葉で空間を埋めつくし、夜の終わりを限りなく遠ざけなければならないかのようだ。

ウルティア神父は言う。「人は自らの行動に責任を取るべき道徳上の義務がある。自らの言葉についても、沈黙についてさえも。そう、沈黙についてさえも」。ここで、「沈黙」が強調されていることは見逃せない。この沈黙とはいったいどのようなものなのだろう。

「かつて私は心穏やかだった。寡黙で心穏やかだった」。ところが死を目前にした彼のもとに「老いた若者」がやって来ることで事態が一変する。若者の存在はひとつの問いとなってウルティア神父に突きつけられる。どうして黙っていたのか。

すると、ウルティア神父は、言葉を発しなければならなかったとき、声を上げなければならなかったときに、口をつぐんでしまった卑怯者なのだろうか。彼はもはや沈黙にとどまり続けることはできず、「老いた若者」に対して弁明するかのようにおのれの過去を語り出す。

しかしその声に耳を傾けていても、ウルティア神父が正当化しようとしている行為が具体的にはどのようなものなのかよくわからないのだ。彼は聖職者であるが、同時に文芸評論家であり詩人でもある。そのキャリアの出発点にはある人物との出会いがある。フェアウェルという「チリ最大の批評家」の知己を得ることで、若きウルティア神父にいわばチリ文壇の門戸が開かれる。

ボラーニョの読者ならよく知っているように、本質においては詩人であり、心ならずも小説家となったボラーニョの世界においては、語り手や主要な人物は決まって詩人や批評家など文学に関わる者たちだ。『チリ夜想曲』においても、ウルティア神父は彼のもうひとつの職業、いや、本職である聖職者としての活動についてはほとんど語らず、もっぱら文学的な出会いとそこから得られたさまざまなエピソードを語り続ける。

次々と繰り広げられていく、これらのエピソードが曲者なのだ。思いつきと脱線の連続ばかり、というと怒られそうだが、個々のエピソードの論理的なつながりや必然性がよくわからない。その点で、「大統領とか大司教連中とのおつきあいが嬉しくてたまらないのさ」と揶揄していたことからもボラーニョがおそらくあまり評価していなかったガブリエル・ガルシア＝マルケスの作品とは対照的だ。一九五三年生まれのボラーニョらの世代にとっておそらく目の上のたんこぶであり、劣悪コピーにならないためにもその影響力からいかに逃れるかが重大な課題であったと思われるガルシア＝マルケス。「マジック・リアリズム」と呼ばれる、奇想天外なことが現実の同一平面上で繰り広げられる手法は彼の代名詞だが、とことん自由奔放な書き方をしているようで、ガルシア＝マルケスの小説は細部に至るまで緻密に構築されている。機能重視の建築さながら実は無駄というものが一切ない。すべてが計算し尽くされ、あらゆるエピソードが、いや、すべてが、しかるべきところにぴたりと収まっている。

ボラーニョはどうだろう。死の直前まで書き続けられた『２６６６』は、これを構成する五部を別々の一冊として刊行することを彼自身は望んでいたこともあってか、まったく様式の異なる五つの建物を強引にひとつにした建物のような書物だ。何もない砂漠の真ん中に傾いて屹立する、どうして倒れないのだろうかと不思議に思えるような異様な構築物。足を踏み入れると、そこは迷宮だ。どうしてこんなところに窓があるのか。この階段は、ドアは、どこに続くのか。いったいこの部屋は何のためにあるのか。疑問は次々と生じる。すべてがしかるべきところから少しずれたところにある。そんなとまどいに囚われたまま、迷い続け、外に出られなくなる――というか、出たくなくなる。「長篇小説は迷宮であり、短篇小説は砂漠だ」と言ったのは、フランスの海外県マルティニークの作家パトリック・シャモワゾーだったが、ボラーニョは砂漠の上に、入口しかない迷宮を作り続ける。星々の輝く美しい空の下、凍てつくような夜の砂漠で。

小説を書くために生まれてきたようなガルシア゠マルケスは、話をさせても非常に面白い人だったという。それは彼の小説を読めば伝わってくる。どこでどんなことを言えば相手を楽しませることができるのか熟知した天性の語り部。他方、現実のボラーニョがどんな話しぶりの人だったのかは知らないが、少なくとも彼の小説の語り手たちは、どちらかと言えば話し下手の部類に入るだろう。とても聞く人のことを考えているとは思えない。脱線が長すぎるし、どこに着地するのかよくわからないエピソードばかりだ。しかし、それが自然な語り方ではないか。ある事柄について語り始めると、それが別の記憶を呼び起こし話題が拡散していく。大切なことを語ろうとする際には、相手に理解してもらいたいがために情報は過多にならざるをえない。余計なこと、無駄なことだらけ。でも語るとは、本来そういうものなのではないのか。

ウルティア神父の口から淡々と語られる文学的なエピソードが、思いがけず暗い静けさと詩的な哀愁を帯びるとき、たとえば、第二次世界大戦中のナチス占領下のパリで、ともに実在の二人の作家、チリ人作家サルバドール・レイェスとドイツ人作家エルンスト・ユンガーの――おそらく現実には起こっていない――出会いをつづるその声は、やはり一人称で語られるW・G・ゼーバルトの作品から聞こえてくる声を思い起こさせる。興味深いことに、生前おそらく出会ったことがないこの二人の作家、チリ人作家ロベルト・ボラーニョとドイツ人作家ゼーバルトは、ともに故国の地を離れて書き続け、死後まもなく英語圏の読者に、そして世界中で広く読まれるようになるという運命を共有している。この両者を英語圏で最初期に評価したのは慧眼の批評家スーザン・ソンタグだった（ソンタグはまさにこの『チリ夜想曲』を読んで、ボラーニョの才能を見抜いたのだ）。作風が異なるとはいえ、第二次世界大戦の暴力と破壊が暗い影を落としている点で、ゼーバルトとボラーニョは文学的な兄弟なのかもしれない。

ただ、ゼーバルトに比べると、ボラーニョの文学言語は、はるかに笑いと俗っぽさに開かれている。たとえば、本書『チリ夜想曲』の次のようなエピソード――教会建築がどのように保存されているか現地調査を行ない、報告書を書く任務を与えられたウルティア神父は、ヨーロッパ各地を訪れることになり、そこで教会の建物にいちばん大きな損傷をもたらすものが、環境汚染ではなく、鳩の糞であることが明らかになる。そして、驚くべきことに、糞害の解決策として採用されているのが、なんと鷹狩りなのである。ウルティア神父が訪れるイタリア、フランス、スペインのどの教会においても鷹が用いられている！　一読、そんなわけないだろ、なんとくだらない、と吹き出してしまう（南仏で出会った神父の飼っている鷹の名は「タ・ギョール」、つまりフランス語で「黙れ！」という意味だ）。しかし、糞と血で染められた、悪い冗談か悪夢のような描写が延々と続くうちに、笑いはいつしか失われ、次第に気味が悪くなってくる。なんなのだ、この神父たちは。教会の建物を保存するという名目で、鷹匠となって平和の象徴である鳩を大量に殺戮しまくるなんて……。こんなとき、ああ、ボラーニョだ、と思う。一見どうでもいいようなことを語り続ける声に耳を傾けているうちに、いつの間にか周囲は深い夜に包まれている。その奥には得体の知れない不気味なものが潜んでいる。でもそれが何なのかボラーニョは教えてくれない。そして、たぶんウルティア神父は言いたくても口に出せない。

生とも死ともつかぬ地点から聞こえてくる、ときに卑俗な笑いで揺れる声——その点で、『チリ夜想曲』の一人称の語りは、ベケットの『モロイ』『マロウンは死んだ』『名づけえぬもの』の散文三部作から聞こえてくるあの不思議な声に近しい響きがある。ウルティア神父のもとを訪れるオデイム氏とオイド氏というよく似た名前の二人は、ベケット作品のアイコンとも言えるよく似た名前の二人組を想起させもする。また、ダンテ読みだったベケットの作品には、『神曲』の煉獄篇に登場する十三世紀の北イタリアの吟遊詩人ソルデッロの名が出てくる（ソルデッロが煉獄の住人なのは死ぬ前に懺悔を行なえなかったからだ）。『チリ夜想曲』においても、唐突にソルデッロの名が言及される箇所がある。チリには「ソルデッロはいない」。いったいどういうことなのだろうか。

具体的な地名が記されず、どことも知れない空間で展開されるベケットの作品には、それでも彼の第二次世界大戦時の経験が反映されていると言われている。とはいえ、先に挙げたベケットの三部作と『チリ夜想曲』とでは、語りの声と「沈黙」との関係がまったく異なるように思える。ベケットにおいては、執拗に語れば語るほど言葉はそれが表現しようとするものからずれていく。何かを表現しようとする言葉が、その何かに近づくための障害になってしまうという逆説。語りえぬものの前においては沈黙せねばならないと言ったのはヴィトゲンシュタインだが、だからこそ、いや、にもかかわらず、語ることをやめてはならない――言葉の決して届かないところにある無＝沈黙に近づこうとあがき続ける――のが、ベケット的な声なのだ。語っているのが自分なのか他者なのかも定かではなくなる。ではその声はどこからやって来るのか。そこは一度発せられるやもう二度と声には戻ることのできない原初の沈黙なのかもしれない。

ボラーニョにおいてはそうではない。ウルティア神父は自分の沈黙がどのようなものなのかちゃんと承知している。その沈黙はまず間違いなくチリの現代史に、一九七三年九月十一日に起こったことに深い関わりがある。なるほど、死の間際に目の前に現われ、自分を非難しているように思える「老いた若者」に対して、自分の沈黙を正当化しようとするウルティア神父は、正直にみずからの過去を語っているように見える。しかし何か決定的な重要なことが故意に言い落とされているような印象は否めない。その点で、彼はカズオ・イシグロのいくつかの作品（『浮き世の画家』や『日の名残り』など）の語り手たちを思い起こさせる。そもそも、どうしてクーデター後のチリで、ウルティア神父は書評や批評を書き続けることができたのか。どうしてそれらが賞賛され、しかも彼は多くの人々に仕事を紹介できるほどの影響力を持ちえたのか。

ウルティア神父の沈黙は、アジェンデ政権がピノチェト将軍によるクーデターで倒されたあと、「小躍りしているよ」と喜びを隠さなかったフェアウェルや、自宅の地下室で反体制派に対する「尋問」（「単に尋問されるだけだったが、なかには死ぬ者もいた」）が行なわれているのを知りながら、夜間外出禁止令のさなか、上階で夜の集いを開いていた女流作家マリア・カナレス、そして彼女のもとに集い、「ドビュッシーやベルリン・フィルハーモニー管弦楽団の演奏によるヴェーベルンのレコード」を聴き、「絵画やコンテンポラリーダンスについて議論」し、詩の朗読や文学談義に打ち興じていた客たちを含め、ピノチェト独裁のもとで多くのチリ人たちが経験したものかもしれない。「なぜ誰もそのとき何も言わなかったのか？　答えは単純だ。怖かったから、誰もが怖かったからだ。わたしは怖くなかった。わたしなら何か言えただろうが、わたしは何も見なかった。手遅れになるまで何も知らなかった」。ベケット的な沈黙がどこか形而上的で中性的なものだとしたら、ウルティア神父の沈黙はとことん政治的で歴史的なものだ。

明けない夜のようにチリ全土を覆い尽くしたこの沈黙に、文学や芸術は関与している、いや、大きく貢献している。そうボラーニョは言っているように見える。文学は決して政治とは無関係ではない。マリア・カナレスの家での芸術・文学談義が示しているように、文学や芸術が非政治的なものであろうとする身振りそのものがきわめて政治的な意味を持ってしまう。それは地下に潜む地獄を覆い隠す役割を果たす。

アジェンデ政権下で進行する数々の社会改革や大きな騒乱から目を背けるように、ウルティア神父がギリシアの詩人や哲学者の本に没頭していたという事実は、文学と政治の関係を考える上で示唆的である。驚くべきことに、アジェンデ政権が倒れた直後にウルティア神父がきわめて特殊な状況下で出会うことになるピノチェト将軍は、彼に向かって、みずからが読書人であることを誇らしげに語り、本を三冊も書いたと吹聴する。「私は読書に関心がある。歴史書も読めば政治理論の本も読むし、それに小説だって読む」。よりによって血塗られた最悪の独裁者の口からこのような言葉を発せさせることによって、読書の意義や効能を称揚する際に口にされがちな、本を読むことで幅広い教養と他者への想像力、つまりは豊かな人間性が涵養される、というナイーブな信念を、ボラーニョはあっさりと粉砕する。それでは、文学は不都合なことを見えなくする夜でしかないのだろうか。

だが、その夜を罪悪感に苛まれる不眠の夜に変えるのもまた文学である。ウルティア神父と彼に対峙する「老いた若者」には、文学の不信と文学への信頼によって引き裂かれるボラーニョ自身の二つの側面が投影されているのかもしれない。この小説を最後まで読むとき、その確信は強まる。

文学と悪という問題は、ボラーニョの作品を貫く問いだった。政治の暴虐に対して、歴史の暴力に対して、沈黙を強いる力に対して、はたして文学に何ができるのか。ウルティア神父なら、首をすくめて黙り込み、見て見ぬふりをするだろう。「チリではこうやって文学が作られる、西洋の偉大な文学はこうやって作られる」。だが、「老いた若者」は、それが文学ならば、そんなものはいらないと言うだろう。何もできないわけではない。見て見ぬふりだけはしないこと。「老いた若者」は、ボラーニョは、歴史に裏切られ、たとえひとりぼっちになっても、たとえかすかな声であっても、「否」と言い、そこからたぶん文学ではない新しい言葉を語り出そうとするにちがいない。

訳者あとがき

本作は、二〇〇〇年に刊行されたロベルト・ボラーニョの中篇小説である。カトリックの有力な一宗派、オプス・デイに属するチリ人の老神父が、独り死の床にいる。彼は最後の力を振り絞って身を起こし、神学の道を志したころからの過去の日々を回想する。

回想と言っても、本人は高熱にうかされているために、ときに意識が混濁して妄想が入り混じる。そこでボラーニョならではの悪夢の描写がさまざまな形で展開されるため、イメージはきわめて濃密である。とりわけ、描かれる風景や光景にはどこか不穏な雰囲気が漂い、のちに生じる事件や悲劇を予告する。読者はいつの間にかその世界に足を踏み入れ、やがて想像をはるかに上回る悪と恐怖に対峙することになる。それでも読者は、一見脈絡のない話の数々や語り口の面白さに惹かれ、悲劇に向かって進んでいかざるをえないだろう。物語の展開は複雑で、結末のエピソードも一筋縄ではいかない。

全編にわたってほとんど改行のない一人称の語りというスタイルは、『通話』の「ジョアンナ・シルヴェストリ」や『売女の人殺し』の「ダンスカード」の例を思い出す。他方、物語の最後に核心となる事件が語られるという点では、『アメリカ大陸のナチ文学』の最後の短篇「カルロス・ラミレス＝ホフマン」やそれをふくらませた中篇『はるかな星』と共通する。しかも、作者の母国チリで一九七三年に起きたクーデターや軍事政権時代に起きた犯罪を扱っている点でも同様である。事件発覚後の犯人のその後、語り手によるインタビューのような後日譚が語られるあたりも、やはり「カルロス・ラミレス＝ホフマン」や『はるかな星』の最終部を思い起こさせる。

しかし、読者がまず目にするのは何よりも奇妙なエピグラフだろう。これは、ボルヘスも愛読したチェスタトンのブラウン神父ものの短篇集『ブラウン神父の知恵』の一篇から採られている。「鬘（かつら）をお取りなさい」とはどういうことなのか。これは当主が代々紫の鬘を被るというある公爵家の物語に由来している。その鬘の下にはおぞましい何かが隠されているというのだ。このおぞましい何かを隠すということ、これが実は『チリ夜想曲』のテーマを象徴している。

チェスタトンなら最後にブラウン神父によってその鬘の謎が明らかにされるのだが、本書のウルティア＝ラクロワ神父は探偵になりかけながらも、立場と信条ゆえに、結局ブラウン神父にはなれない。ブラウン神父なら謎の解決に乗り出すところを、祖国のクーデターに立ち会い、語られることでしか知られない事実について知りながら沈黙を貫くウルティア＝ラクロワの姿勢は、詩人ではあっても大文字の歴史に寄り添い、それをヴェールに使って、書かれない歴史を被う役割をしている。つまり、彼自身が紫の鬘を被って中立を装ってしまうのだ。

だがここで、その事実を指摘し、悪罵を投げつける存在が現われる。「老いた若者」という、ウルティア=ラクロワにしか見えないこの不気味な存在は誰なのか。彼の分身なのか。あるいは彼の良心が幻影となって現われたのか。だがその人物は、一九五〇年代後半に五、六歳だったという記述や、チリ南部の雨の多い地方で育ったことなど、いくつかの事実が断片的に明かされる。それらを組み合わせていくと、なんと作者の経歴に重なることを、ボラーニョ作品の英訳を最初に手がけたオーストラリア人研究者クリス・アンドリュースが指摘している。だとすると、ウルティア=ラクロワがクーデターには直接関与せず傍観者だったとして自己を正当化しようと躍起になっているときに、それを決して許さない、いわば真の探偵の役割をしているのが「老いた若者」ということになる。

「老いた若者」が作者の分身だとすると、ボラーニョがこのような形で自己の分身を登場させるのはきわめて珍しい。これまでは『通話』などに出てくるBやアルトゥーロ・ベラーノという作者本人を思わせるイニシャルや名前で、むしろわかりやすい形で登場していたのに対し、本作ではまったく異なる手法を使っている。

この「老いた若者」は、かつては批評家として若い世代にまで目配りしていたというウルティア=ラクロワの自画自讃に水を差す。かつて文芸評論家フェアウェルを師として自らも批評を実践し、それなりの地位を獲得してきたにもかかわらず、ウルティア=ラクロワはその本質的保守性をボラーニョの分身らしき「老いた若者」から批判されていると見ることができるだろう。

ここに、クーデターの際に沈黙したり、むしろ加担さえも行なった宗教関係者に対する批判を読み取ることも不可能ではない。この沈黙が物語の最後で戦慄する事実、すなわち文学サークルによる黙過という犯罪行為の問題を問うことにつながるのだ。

ボラーニョの作品を読むことの愉しみのひとつに、その屈折したユーモアとの出会いがある。そのような笑いを誘うエピソードのひとつに、ウルティア゠ラクロワ神父がピノチェトと軍事政権のお歴々にマルクス主義の講義を行なうという話がある。オプス・デイの一員であるウルティア゠ラクロワが、オプス・デイの否定するマルクス主義について講義を請われるというのはまるでパロディのようだ。そこに登場するピノチェト将軍は、たとえばガルシア゠マルケスのノンフィクション『戒厳令下チリ潜入記』（邦訳は一九八六年）で、変装して大統領官邸に潜入したミゲル・リティン監督の目と鼻の先をピノチェトが通りかかる場面があるが、その将軍とはかなり印象が違う。リティンがピノチェトに殺意を抱くのに対し、『チリ夜想曲』では、語り手のウルティア゠ラクロワの目で観察されたピノチェトは敵と見られてはいない。また、ウルティア゠ラクロワが依頼された講義は、敵を倒すためにはまず敵を知れというピノチェトの考えに基づいている。ここでは、読書に関心を持ち、著書もいくつか出しているピノチェトのほうがアジェンデよりもはるかにインテリであるかのように語られてさえいる。こうした言説が軍事政権の偏向ぶりをさりげなくかつユーモラスにあぶり出しているのだ。

ところで偶然だが、訳者はかつて、オプス・デイの神父によるマルクス主義の講義を受けたことがある。大学紛争が終わり大学院に進学したばかりの一九七一年、スペイン語の授業を担当した年配のネイティブ講師が、なぜかオプス・デイの神父だったのだ。他に三人はいたはずの受講者がみな放棄してしまったため、もはや残らざるをえなくなり、授業は一対一になった。非常に真面目な先生で、黒板をいっぱいに使い、チョークの粉を浴びながら、マルクス主義や共産主義がいかに誤っているかということを文字どおり口角泡を飛ばして熱心に語ってくれるのだが、予備知識もなく、大学紛争中は語学をまともに学んでいなかった学生に対しておそろしく早口のスペイン語でまくし立てられても、その意味はさっぱりわからなかったのを覚えている。あのとき先生はどんな気持ちで熱弁を振るっていたのか。それにしてもなぜあのような授業が成立したのか今もって謎であるし、ウルティア＝ラクロワ神父の講義とはだいぶ趣が異なっていたとは思うが、その授業を受けたおかげで、今回翻訳するにあたり、「授業」の雰囲気を多少なりとも想像することができた。これも運命と言えるかもしれない。

しかし、小説の語り手ウルティア＝ラクロワは教える側から、逆に生徒たちを冷静に観察してもいる。ピノチェトもその生徒のひとりだ。このシーンは、『通話』所収の短篇「ロシア話をもうひとつ」で、「青の旅団」すなわちスペインからロシアに送られたフランコ派の兵士の悲哀を切なくもユーモラスに描いたボラーニョだけに、実に面白い。前述のミゲル・リティンがその場でピノチェトを暗殺できたらと考えたのに対し、ボラーニョはマニ教的善悪二元論を持ち込んではいない。その結果、この特異なエピソードは若き日の神父の物語に精彩を与えている。

実はこのウルティア＝ラクロワ神父、そして彼の文学の師であり、本書の隠れた中心人物でもある文芸評論家フェアウェルにはモデルが実在する。ウルティア＝ラクロワのモデルは、実際にチリのオプス・デイの神父であるホセ・ミゲル・イバニェス＝ラングロワ（一九三六―）であり、現在も詩人、文芸評論家として保守系の新聞「メルクリオ」紙で活動している。ボラーニョは『アメリカ大陸のナチ文学』の「カルロス・ラミレス＝ホフマン」と『はるかな星』でもラウル・スリータ（一九五〇―）というチリの前衛詩人をモデルに使ったが、今回はさらにノーベル賞詩人パブロ・ネルーダを実名で、そしてチリの大物文芸評論家アローネことエルナン・ディアス＝

アリエタ（一八九一―一九八四）を「フェアウェル」という名で登場させている。
訳者がアローネの名を知ったのは、大学院でネルーダの研究を始めたころで、彼はスペインの文芸評論家で研究者のアマード・アロンソとともに、初期のネルーダを世に知らしめる働きをした人物として知られている。アローネは英語の Alone「孤独」を意味するペンネームだが、本書では「別れ」や「告別」を意味するフェアウェル Farewell に置き換えられている。これはネルーダの最初の詩集『黄昏詩集』に収められている一篇「フェアウェル」から採られているようだ。その詩はこんな書き出しで始まる。

あなたの奥深いところで、跪き、
僕と同じく、悲しげな男の子が、僕たちを見ている。

そして最後はこう結ばれる。

僕は行く。僕は悲しい。だが僕は常に悲しいのだ。
僕はあなたの腕を離れる。どこに行くのかわからない。

……あなたの心から男の子がさよならを言う。
そして僕もその子にさよならを言う。

Farewell はこの「さよなら」に由来するタイトルだろう。とすると、ボラーニョがこの登場人物をフェアウェルと名付けたのは、ディアス＝アリエタやネルーダら旧世代の人々と訣別することを意味しているのかもしれない。

アローネは本来は保守的な批評家ではあったものの、当時まだ共産主義者ではなかったネルーダに『黄昏詩集』の出版にあたり経済的に援助するなど、こと文学に関しては政治的立場に囚われない広い視野を持っていたようだ。作中でネルーダが亡くなったとき、フェアウェルのような大土地所有者に反対する勢力に身を投じていたネルーダの葬儀に、フェアウェル自身がウルティア＝ラクロワとともに参列する場面が出てくるが、そこには「文学は文学」と見なしたアローネの姿勢が反映している。もちろんボラーニョはアローネを神格化してはいない。むしろアローネが同性愛者であったことを、フェアウェルのウルティア＝ラクロワへの接触行為や墓地での会話によって仄めかしてさえいる。もっとも、ピノチェト将軍のウルティア＝ラクロワに対する行為にも同性愛的と読めそうな点があり、そのあたりには、ひとりの人物を多面的に描こうとするボラーニョの特徴が表われていると言えるだろう。

クーデター後、フェアウェルがいったんは接収された自分の大農園が戻ってくることを知らされて喜ぶというシーンがある。アジェンデが当選した際、フェアウェルは新政権側に批判的態度を取り、クーデターの前後にウルティア＝ラクロワが古典に読み耽るなどして沈黙を守ったことなど、チリの支配層やカトリック教会がアジェンデを歓迎しなかった事実を暗に示す記述と言える。ここにチリの保守層の根強い支配と文化人の癒着関係が批判的に描かれていると見ることも可能だろう。かつてホセ・ドノソがその評論『ブームの履歴書』（邦題は『ラテンアメリカ文学のブーム――『一作家の履歴書』）でチリ文学、特にその小説の遅れを嘆いてみせたが、その背景には、アメリカと結びついた産業構造に比して、というかそのために文化が国際化しないことへの批判もありそうだ。国外に出た作家だからこそ、ドノソは故国の保守性をよりはっきりと認識できたのだろう。

そうしたチリの保守性やアメリカへの従属性を嫌うリベラルな映画人に、現在も精力的に活動するアレハンドロ・ホドロフスキーがいる。ボラーニョがメキシコ時代に私淑したこともある多彩なアーティストで、『エル・トポ』に始まる映画作品の中でも、とりわけ最近の自伝的作品『リアリティのダンス』などで、チリの後進性と保守性を寓話的手法を用いて批判している。『ネルーダ　大いなる愛の逃亡者』で政治家となったネルーダの大胆な行動をミステリー風に描くパブロ・ラライン、あるいは『チリの闘い』として一九七三年のクーデターを記録した三部作や詩的ドキュメンタリー『光のノスタルジア』『真珠のボタン』によってチリの悲劇の記憶を描くパトリシオ・グスマンのような映画人もいるが、いずれもチリ映画界の旧弊を打破しようとし、たとえばネルーダを神話化してはいない。その意味でボラーニョも同じ流れの中にいると言える。彼はネルーダに対する複雑な思いを覚書風の短篇「ダンスカード」（『売女の人殺し』）で告白し、国民的詩人として描くことはしない。

本作では、ボラーニョの映画フリークぶりはそれほど発揮されていないが、こと文学や歴史に関するマニアックな記述は、歴代ローマ教皇のエピソードについてフェアウェルがウルティア＝ラクロワに延々と語らせたり、ドイツの軍人作家ユンガーを登場させ、チリ人作家兼外交官のサルバドール・レイエスに生身の人間として語らせているところなど、いかにもボラーニョらしい。あるいは密命を帯びて渡欧したウルティア＝ラクロワが、教会の建物を鳩の糞害から守る技術を現地で見て学ぶという意表を突くエピソードがある。鷹による鳩やムクドリの撃墜の場面には、ボラーニョの軍事ゲーム好みの感覚が表われてもいるようだ。また、訪問先の神父が飼っている鷹がピカソの描いた平和の鳩を象徴する白鳩を襲撃するのを目撃したり、エンリケ・ラフォルカデの『白い小鳩』という作品をこきおろしたりするとき、クーデターの際に沈黙を保ったウルティア＝ラクロワのもうひとつの側面が表われる。

さて、短めの中篇とはいえ密度の濃い本作には、随所に大小の謎が散りばめられているが、そのひとつが、ウルティア＝ラクロワをヨーロッパに送り出した二人の実業家の名前だ。彼らの奇妙な名前は、スペイン語の原文では Oido と Odeim だが、前述のクリス・アンドリュースによれば、オイドというのは odio「憎悪」、オデイムは miedo「恐怖」という言葉を逆さに読んだものなのだ。これはときおり現われるボラーニョの言葉遊びの一例である。

この小説の白眉は、マリア・カナレスという凡庸な左翼作家のサンティアゴ郊外の邸宅の地下室で、反体制派らしき男が裸体で金属のベッドに縛りつけられていたのを目撃したという人物のエピソードがさまざまに語られるところだろう。ここにはチリの軍政時代の秘められた犯罪という問題が明白に現われている。ボラーニョはこの目撃談を噂のように語ることであえて被害者を明らかにせず、謎のままにしているために、かえってそれが恐怖の度合いを増す働きをしている。その代わり、マリア・カナレスのアメリカ人の夫が秘密警察ＤＩＮＡの情報部員だったことを後日譚で明かし、小説に歴史性と政治性を付与している。

夜間外出禁止令のさなか、マリア・カナレスの家で開かれていた芸術家たちの夜の集いのエピソードは、別の側面から見れば、かつてクーデターの前にフェアウェルの大農園で行なわれていた文学者たちの集まりの焼き直しのようでもある。だが前者は、軍政下で夫が属する権力側に庇護されたものであり、地下室の秘密を黙過してしまう人々の集まりだという点で、その性格は大きく異なる。とはいえ、全体として見ると、本書でボラーニョが描こうとしている最も重要なことは、沈黙を覆い隠すベール、すなわち鬘を剝がすということではないか。つまり軍政下、そして軍政が終わってもなお隠されてきた目には見えない犯罪行為、それを見て見ぬふりをしてきたウルティア゠ラクロワをはじめとする人々の沈黙を「老いた若者」が告発すること。ここではボラーニョこそが「老いた若者」としてのブラウン神父に見える。

全八巻からなる白水社の〈ボラーニョ・コレクション〉が、本書『チリ夜想曲』をもってひとまず完結する。個人的には『アメリカ大陸のナチ文学』に続いてこの最終巻を担当することになり、ボラーニョの声や思想に馴染んできた訳者としての感慨もあり、なんとなく寂しい思いでこのあとがきを書いている。

没後出版となった大巨篇『２６６６』の邦訳の成功がきっかけとなって刊行が始まった〈ボラーニョ・コレクション〉だが、『はるかな星』のような短めの中篇から『売女の人殺し』や『鼻持ちならないガウチョ』といった短篇集、『第三帝国』のように没後に発見された長篇までを収めている。広大な砂漠のスケールとそれを形作る微細な砂粒。ボラーニョの目はそのスケールの違いを同じ解析度でくっきりと捉え、表現する。それはパトリシオ・グスマンの描く砂漠の天体望遠鏡やそこから眺める星、海底に沈んだ貝ボタンに通じるものがある。このように微小から極大までを同時に視野に収めることのできる数少ない作家がボラーニョだと言える。今後、彼の邦訳されていない小説はもとより、詩集やエッセイ集も日本語で読める日が来ることを願っている。

本書はRoberto Bolaño, *Nocturno de Chile*（Anagrama, Barcelona, 2000）の全訳である。なお、翻訳にあたってはChris Andrewsによる英訳版*By Night in Chile*（Vintage Books, London, 2009）を適宜参照した。なお、キューバの国家安全保障体制についてはラテンアメリカ研究者の伊高浩昭氏から詳細にご教示いただいた。

白水社編集部の金子ちひろさんには今回も訳文を綿密にチェックしていただき、文字どおり献身的に支えていただいた。訳者のさまざまな事情から脱稿に時間がかかってしまったのは残念だが、彼女の伴走があったからこそこうして完成に辿り着けたことは言うまでもない。さらに、バスク文学の研究者として、また翻訳者として活躍している東京外国語大学大学院博士課程の金子奈美さんには、バスク語の固有名詞の読み方やテクストの解釈について数多くの有益な助言をいただいた。お二人には感謝してもしきれないことを記しておきたい。

二〇一七年八月

野谷文昭

訳者略歴
一九四八年生まれ
東京外国語大学外国語学研究科ロマンス系言語学専攻修士課程修了
名古屋外国語大学教授、東京大学名誉教授
主要訳書にプイグ『蜘蛛女のキス』（集英社文庫）、ガルシア＝マルケス『予告された殺人の記録』（新潮文庫）、バルガス＝リョサ『フリオとシナリオライター』（国書刊行会）、コルタサル『愛しのグレンダ』（岩波書店）、ボルヘス『七つの夜』（岩波文庫）、ボラーニョ『アメリカ大陸のナチ文学』（白水社）、共訳書にボラーニョ『２６６６』（白水社）ほか多数

〈ボラーニョ・コレクション〉
チリ夜想曲
二〇一七年九月一五日 印刷
二〇一七年一〇月一〇日 発行
著者 ロベルト・ボラーニョ
訳者 © 野谷文昭（のや ふみあき）
発行者 及川直志
印刷所 株式会社 三陽社
発行所 株式会社 白水社
東京都千代田区神田小川町三の二四
電話 営業部〇三（三二九一）七八一一
編集部〇三（三二九一）七八二一
振替 〇〇一九〇-五-三三二二八
郵便番号 一〇一-〇〇五二
http://www.hakusuisha.co.jp
乱丁・落丁本は、送料小社負担にてお取り替えいたします。
誠製本株式会社
ISBN978-4-560-09269-9
Printed in Japan